Die Marathonfrau

erzählt von Ute Fletschinger, geb. Kreischer

geschrieben von Gitte Iffland

Umschlaggestaltung:

Liz Helmecke

Lektorat:

Antje Ippensen

Druckreife Gestaltung:

Heike Panzenhagen

Deutsche Erstausgabe

2014

Herstellung und Verlag:

ISBN 978-3-7357-8638-8

BoD-Books on Demand, Norderstedt

Books on Demand GmbH
In de Tarpen 42
D-22848 Norderstedt
E-Mail: info@bod.de
Tel.: +49 40 - 53 43 35-11
Fax: +49 40 - 53 43 35-84

Ute Fletschinger

wurde als Ute Kreischer 1962 in Mannheim geboren. Bis 2009 lebte sie vorwiegend in ihrer Heimatstadt. Dann zog sie nach Neuhofen in der Pfalz. Sie hat eine erwachsene Tochter, die aus keiner ihrer Ehen stammt. Ihre dritte Ehe ging sie im Oktober 2010 ein. Sie ist Diplomsozialpädagogin und Bürokauffrau und arbeitet z.Z. selbständig mit psychisch oder geistig behinderten Menschen.
Im Jahre 2000 begann sie mit dem Meditieren. Seitdem geht sie ihren spirituellen Weg, ohne ihre Bodenständigkeit und lebenspraktischen Fähigkeiten verloren zu haben.

Gitte Iffland

wurde 1952 in einem kleinen Dorf am Niederrhein geboren. Sie studierte in Köln, England und Marburg und verbrachte ihre ersten Berufsjahre als Lehrerin in Berlin. 1984 begab sie sich auf eine spirituelle Suche, die sie an verschiedene Orte Europas und vor allem zurück zu sich selber führte. Ihre Spurensuche deckte eine lange verheimlichte Geschichte der Gewalt auf, die sie in ihrem 2012 veröffentlichten Buch „Ich lebe. Ich bin." beschrieb.
Seitdem schreibt sie Geschichten von Verbrechen, die keine Autorin erfunden hat, weil das Leben sie geschrieben hat.

Danksagung

Mein besonderer Dank gilt Antje, Josianne, Heike, Martin, Alexia und Liz.

Antje, eine begabte Schriftstellerin im Bereich Fantasie und BDSM, die für mich das Lektorat und andere organisatorische Dinge getan hat. Aber auch immer ermutigt hat weiter zu machen.

Josianne, eine fantastische Gestalterin mit Ton und eine außergewöhnliche Malerin, die durch ein offenes Gespräch mit mir und durch die Bereitschaft mit Gita zu reden, in dieses Buchprojekt eine klare Linie gebracht hat.

Heike, steinekundig und einfühlsam und achtsam im Umgang mit Klangschalen, die immer emotional für mich da war und mir geholfen hat, dass ich als Person in meiner eigenen Lebensgeschichte nicht untergehe.

Martin, mein Mann, der die schwierige Zeit mit mir einfach ausgehalten hat und mir ungeachtet meiner Launen immer seine Liebe gezeigt hat.

Alexia, eine junge, wunderschöne, herzliche Frau, die ihre dunkle Seite lebt und dabei sehr lebensbejahend ist. Sie schreibt gerade ihren ersten Roman, eine Fantasy-Geschichte, die ihre Weltsicht und ihre Gefühle beinhaltet. Sie hat mich ermutigt, dieses Buch doch zu veröffentlichen.

Liz, einer der Menschen aus "meiner" WG in Mannheim, die ganz viele tolle Fotos gemacht hat von meinen Schuhen, damit ich eine Auswahl hatte, um mir das für mich und das Buch passende Bild aussuchen zu können.

Heike, Antje und Josianne sind Begleiterinnen auf meinem spirituellen Weg und ich darf den ihren begleiten. Mit ihnen bin ich, mit jeder auf eine ganz besondere Art, sehr eng verbunden und deshalb bin ich sehr glücklich über die Unterstützung an dem mir sehr wichtigen Buchprojekt.

Begegnung

Sie war mit einer wachsamen Intuition ausgestattet. Als sie vor der hellroten Tür stand, spürte sie, dass eine überraschende Wendung bevorstand.

Die Tür öffnete sich und Frau Dr. Bachstein stand vor ihr. Sie wirkte jünger als 85. Sie trug einen brombeerfarbenen Hausanzug, ihr graues ungefärbtes Haar war kurz, ungelockt und exakt geschnitten. Sie betrachtete Katharina einen Moment forschend, so als wolle sie überprüfen, ob sie wirklich bereit sei, die Reporterin hereinzubitten.
Katharina Wintergrün hielt dem Blick der Ärztin stand. Das lichte Blau-Grau ihrer Augen verriet Katharina, dass die alte Frau viel wahrgenommen und wenig preisgegeben hatte. Das Gespräch würde interessant werden.
Nachdem Frau Dr. Bachstein der Reporterin einen durchsichtig schimmernden, rotblonden Tee in eine weiße Porzellanschale gefüllt hatte, goss sie sich selbst einen dunkelroten, offenbar schweren Wein in ihr Glas, gerade so viel, dass sie es behutsam schwenken konnte. Sie kam ohne Umschweife zum Thema.
Katharina staunte über ihr Wissen und die Lebendigkeit, mit der sie vortrug. Frau Dr. Bachstein war offensichtlich auf dem wissenschaftlich neuesten Stand. Sie berichtete aus ihren Erfahrungen in der Klinik, aus ihrer Praxis, ihren Forschungen. Vieles davon war Katharina schon geläufig. Symptome, medizinische Behandlung, Prävention – die Ärztin referierte und Wintergrün machte sich Notizen. Während sie sprach, schwenkte die Ärztin manchmal ihr Rotweinglas. Der Wein in dem Glas schien nur dazu da zu sein, ihren Redefluss in Bewegung zu halten. Katharina fiel auf, dass das Glas einen kräftigen Stiel hatte, den alte Hände sicher umfassen konnten.
Am Ende der Ausführungen entstand eine Pause. Wintergrün war trotz ihrer anfänglichen Skepsis bewegt, sie war phantasievoll genug, um sich hinter den medizinischen Fakten Schicksale vorzustellen. Frau Dr. Bachstein hielt ihr Glas in

Augenhöhe, als wollte sie den roten Wein befragen. Rechts und links von dem Weinglas runzelten sich Falten durch eine noch rosige Haut. Schließlich nahm Frau Dr. Bachstein einen gedankenvollen Schluck, kostete ihn und erklärte, dass sie Wein noch mehr genießen könne, seit der Arzt ihn verboten habe. Sie schlug vor, einige der Frauen mit ihren persönlichen Schicksalen vorzustellen.

Katharina nickte. Sie bemerkte, dass das Gesicht der alten Ärztin völlig ungeschminkt und die Augenbrauen nicht nachgezogen waren. Sie hatte einen Moment lang das Gefühl, dass sie einer Meisterin gegenüber saß, für die auch die gewitzteste Reporterin eine durchsichtige Erscheinung war.

Bis zu ihrem 70. Lebensjahr hatte Frau Dr. Bachstein als Frauenärztin praktiziert. Seit ihrer Pensionierung hatte sie sich der Wissenschaft zugewandt. Auf vielen Kongressen hatte sie Vorträge gehalten, hatte in Zeitschriften Artikel veröffentlicht und war jetzt dabei ihr zweites Buch zu schreiben. Sie war eine Koryphäe auf dem Gebiet der Frauenheilkunde und hatte einige interessante Artikel zu Schwangerschaftsdepressionen und Kindbettpsychosen verfasst.

Deshalb war Katharina bei ihr. Ihre Chefin hatte das Thema für eine Reportage vorgeschlagen. Die kinderlose Reporterin war davon nicht begeistert. Schwangerschaft war ein Thema, das sie wehmütig, aber definitiv abgeschlossen hatte. Depression kannte sie nur aus Alpträumen. Dennoch hatte sie zugesagt – sie war es gewohnt, auch über uninteressante Themen packend zu schreiben.

Die Ärztin erzählte von einzelnen Fällen: Eine junge Frau, die sie Lena nannte, versuchte, sich das Leben zu nehmen, als sie bemerkte, dass sie ihr Baby ablehnte. Frau Z. hatte bereits drei verwahrloste Kinder, Frau G. war in einer Sekte gefangen. Frau L. hatte ihr unter dem Siegel der Verschwiegenheit ihre Liebe zu Frauen geschildert. Die junge Frau M. war missbraucht worden und Frau K. war der schlimmste Fall, der ihr begegnet war. Sie hatte versucht, erst ihr Kind und dann sich selbst zu töten. Ausführlich berichtete sie von diesem Fall und Katharina hörte gebannt zu. Sie war nicht ganz sicher, ob sie so viel wirklich wissen wollte. Der Fall war mehr als 40 Jahre alt.

Wintergrün bedankte sich, auch die Ärztin hatte es plötzlich eilig.

„Sie müssen jetzt leider gehen, gleich beginnt meine Serie ‚Queer as folk', kennen Sie die?" Sie wartete die Antwort nicht ab, stand auf und begleitete Wintergrün zur Tür. „Sagen Sie Bescheid, wenn Ihr Artikel erscheint", sagte sie zum Abschied. Als Wintergrün den Treppenabsatz erreichte, war die Tür bereits wieder geschlossen.

Im Auto schaltete Wintergrün gewohnheitsmäßig das Radio ein. Sie starrte durch die Frontscheibe. Was hatte Frau Dr. Bachstein über Frau K. erzählt? Die junge Ärztin war von den Geschehnissen zutiefst schockiert gewesen. Katharina schaltete das Radio aus, abrupt verstummte die Musik. Dr. Bachsteins Erzählungen liefen vor Katharinas geistigem Auge ab.

Eine junge Frau in einer Souterrainwohnung in Mannheim. Ihr Bauch wird immer dicker, sie ist unglücklich. Sie ist fremd in der Stadt und frisch verheiratet. Sie weiß heute schon, dass sie dort nie Freundinnen haben wird. Das Kind in ihrem Bauch wächst, das wundert sie. Sie hat mit diesem Wachsen nichts zu tun. Zur Entbindung muss sie ins Krankenhaus, da ist alles weiß und das Blut rinnt rot aus ihr heraus. Die Hebamme schneidet das Kind ab, jetzt ist es endlich raus. Es schreit, die Schreie gellen in ihren Ohren. Was will es von ihr? Warum schreit es – es war doch immer ganz ruhig, als es noch in ihrem Bauch war. Die Oma nimmt das Kind und gibt ihm die Flasche. Da ist es ruhig. Man muss ihm die Flasche geben. Dann ist es ruhig. Alle 4 Stunden die Flasche, alle 3 Stunden wickeln. Alle 3 Stunden die Flasche, das Kind schreit. Alle 2 Stunden wickeln. Das Kind schreit. Sie ist müde. Aber sie muss jede Stunde wickeln und Flasche geben. Das Kind schreit. Es soll aufhören zu schreien, es soll still sein, still. Das Kind schreit nicht mehr. Es blutet, aus beiden Armen. Der Mann, den sie geheiratet hat, findet das blutende Kind im Gitterbettchen. Er fragt sie, was sie mit dem Kind gemacht hat, sie stößt sich die Schere in den Hals. Das Kind kommt auf die Intensivstation, die Frau in die Psychiatrie. Das Kind bekommt

Infusionen, die Mutter Elektroschocks. Das Kind kommt ins Säuglingsheim, die Mutter taucht aus der Psychose auf. Kindbettpsychosen vergehen mit der Zeit. Die Zeit nimmt sie mit und lässt die Mutter leer zurück. Aber sie hat ja das Kind. Sie will das Kind zurück. Es ist ihr Kind. Sie holt es zurück. Sie füllt Babynahrung in das Kind, es wächst. Es scheißt in die Windeln, sie säubert die Windeln und wickelt das Kind in frisch gewaschene, an der Gartenluft getrocknete Windeln. Das Kind schreit jetzt nicht mehr. Es ist ein braves Kind.

Als der Film endete, hielt Wintergrün das Lenkrad krampfhaft in beiden Händen. Sie löste sie vom Lenkrad, schüttelte sie aus, drehte den Zündschlüssel und fuhr los. In Gedanken ging sie noch einmal die Notizen durch, die sie sich gemacht hatte. Sie war vorangekommen, der Vortrag von Frau Dr. Bachstein war gut strukturiert. Sie würde viel übernehmen können. Frau K. war ein Fall, der in dieser Reportage nicht auftauchen würde. Zu extrem.

Wintergrün spürte ihren Hunger. Sie hielt, holte sich Hack vom Penny und Butternutkürbis beim Bioladen und fuhr heim. Sie machte sich einen Auflauf, das dauerte ein wenig. Während der Auflauf im Ofen garte, bügelte sie ihre Bluse für den nächsten Tag. Sie trug immer Jeans und am liebsten locker fallende Blusen, denen man die Sorgfalt nicht ansah, mit der sie in Form gebracht worden waren.
Danach deckte sie den Tisch, sorgfältig. Der Butternut war mild, aromatisch, harmonisch. Er zerschmolz auf der Zunge. Das Hack, kräftig gewürzt und in feinem Olivenöl angebraten, war perfekt und nach dem Gemetzel des Tages genau richtig. Den Rest des Abends nutzte sie, um ihre Aufzeichnungen zu überarbeiten.
Während sie die Fakten in ihrer Computer eingab, kamen ihr Fragen in den Sinn. Hatte das Baby die Todesgefahr bemerkt, als seine Mutter ihm die Pulsadern aufschnitt? Wusste es, dass seine Mutter ihm das angetan hatte? Kann ein Mensch ein solches Ereignis vergessen? Oder werden die Erinnerungen in seinem Körper eingeschlossen wie das Böse in der Kammer?

4

Nachts trieb eine bleiche nackte Puppe auf dem Wasser ihrer Badewanne, sie nahm sie heraus und wickelte sie in rote und weiße Tücher. Sie schlang Bänder um die Arme, den Körper, die Beine, wickelte weiter und weiter, bis die Puppe zu einer Mumie in Rot und Weiß geworden war. Dann versank sie in einen traumlosen Schlaf. Ihr Wecker hatte Mühe, sie um 6:30 Uhr wieder ins Alltagsleben zurück zu holen.

Sie duschte heiß, sehr heiß, mixte sich wie jeden Morgen in ihrem Entsafter einen frischen Obst- und Gemüsedrink und ging in ihr Arbeitszimmer. Ihr Schreibtisch war aufgeräumt, die Manuskripte hatte sie in unterschiedlich farbige Mappen einsortiert. Sie staunte immer noch darüber, dass ihr das gelungen war. Nach so vielen Jahren von Manuskriptbergen hatte sie nun eine neue Ordnung, die Zuversicht und Beherrschbarkeit ausstrahlte. Sie steckte ein, was sie für den Tag brauchte.

Sie schaute aus dem Fenster. Der Himmel war bedeckt, grau. Sie beschloss, den Müll hinunter zu tragen, bevor sie losfuhr, und dabei die Temperatur zu testen.

Es war kurz vor 7.30 Uhr, als sie losfuhr. Der Verkehr war ruhig. Die Ampel am Hauptfriedhof war wie immer rot. Ihre Gedanken schweiften zu dem gestrigen Tag.

Frau Dr. Bachstein hatte den Fall eine Weile lang verfolgt. Die Polizei war informiert worden, Dr. Bachstein hatte ausgesagt, die Frau sei aufgrund einer Kindbettpsychose nicht zurechnungsfähig gewesen. Die Staatsanwaltschaft hatte auf eine Anklageerhebung verzichtet. Das Kind war 4 Monate lang in einem Säuglingsheim in Neckarau untergebracht worden. Dann war man davon ausgegangen, dass keine Gefahr mehr bestünde, und die Mutter durfte ihre Tochter wieder zu sich nehmen.

50 Jahre war das her, hatte Dr. Bachstein gesagt. Das Baby war also heute eine Frau von 50 Jahren. Wie mochte ihr Leben verlaufen sein? Ob es eine Erinnerung hatte, eine Ahnung?

Die Ampel schaltete auf Grün und Katharina wusste, dass sie jetzt auf einer grünen Welle bis zum Ring fahren konnte. Am Ring jedoch war Stau. Ein Verkehrspolizist regelte den Verkehr. Während sie sich langsam der Kreuzung näherte, bewegten sich ihre Gedanken wieder rückwärts zu dem Gespräch mit Frau Dr. Bachstein. Sie hatte die Ärztin gefragt, welche Folgen eine solche Gewalttat für das Baby gehabt haben mochte. Zu dem Zeitpunkt, als die Tat geschah, herrschte noch die Auffassung, dass das, was vergessen wird, ausgelöscht ist wie eine Schrift, die von der Oberfläche verschwindet.

Das verschwundene Wissen jedoch verkriecht sich in den Zellen eines Menschen, jeder Mensch speichert alle Ereignisse seines Lebens und zwar in chronologischer Reihenfolge und detailgetreu, das wisse man heute, hatte die Ärztin erläutert. Jeder Mensch führt Protokoll über alles, was in seinem Leben geschieht, alle Sinneswahrnehmungen, alle Gefühle, alle Gedanken und körperlichen Begleiterscheinungen landen unauslöschbar in seinem Erlebnisgedächtnis. Es sei eine frühe Form des Gedächtnisses, die auch bei Tieren auftritt.

Katharina näherte sich weiter der Kreuzung. Sie legte den ersten Gang ein, um ihn gleich wieder heraus zu nehmen. Der Gegenverkehr hatte Vorrang, sie musste noch einmal warten.

Der Mensch versucht, Wissen, das ihm unangenehm ist oder das er nicht verarbeiten kann, zu verdrängen. Und doch kann ein Geruch, ein Wort, ein kleines, unbedeutendes Detail eine Erinnerung wecken, ein Wiedererleben zur Folge haben. Ein Baby kann sich nicht erinnern, das Gewaltereignis aber lebt in ihm fort und kann jederzeit in die ahnungslose Gegenwart einbrechen.

Katharina spürte, dass der Fall sie gepackt hatte. Wie mochte es dem Baby und seiner Mutter ergangen sein? Eine Geschichte mit einem dramatischen Beginn. Wenn sie Mutter oder Baby finden würde, könnte sie eine spektakuläre Geschichte daraus machen. Wie auch immer sie ausgegangen war.

Frau K. müsste jetzt zwischen 70 und 80 sein. Die Wahrscheinlichkeit, dass sie noch lebte, war also recht groß. Dennoch – Katharina hatte das Gefühl, sie sei tot. Wie war die Frau mit ihrer Tat fertig geworden?

Während sie endlich in den Ring einbog und sich in den fließenden Verkehr einfädelte, fasste sie ihren Entschluss: Wenn sie die Frauen oder eine der beiden ausfindig machen konnte, würde sie die Reportage machen.

Auf dem Rest des Weges in die Redaktion entwickelte sie einen vorläufigen Plan. Da Frau Dr. Bachstein ihr den Namen nicht geben durfte, musste sie in den Akten der Krankenhäuser oder des Säuglingsheimes nachforschen. Vielleicht gab es eine Zeitungsnotiz, sie würde im Archiv des „Mannheimer Abends" suchen.

Schwester Luitgarda

Sie war klein, rund und quicklebendig. Sie saß in einem Polstersessel, der zum Garten hinaus schaute. Auf dem Tisch vor ihr lagen das Gemeindeblatt, einige Postkarten, das Abendblatt und ein Bändchen von Khalil Gibran. Sie lud Katharina ein, auf dem kleinen Sofa Platz zu nehmen. Auf dem Tischchen davor standen bereits ein Glas und zwei Flaschen, eine mit Wasser und eine mit Apfelsaft.

Schwester Luitgarda wartete nicht ab, bis sich Katharina eine Schorle eingegossen hatte.
„Sie interessieren sich für das Säuglingsheim? Ja, was wollen Sie denn da genau wissen?"
Katharina erzählte ihr, dass sie sich für den Fall eines Babys interessiere, dessen Mutter versucht hatte, es zu töten. Es sei, so viel sie gehört habe, in dem Säuglingsheim untergebracht worden.
Luitgarda seufzte in der Erinnerung. „Wir hatten ja viele arme kleine Wesen. Manche waren uns einfach vor die Türe gelegt worden. Junge Mädels hatten ihr Kleines bei uns abgegeben, weil sie alleine es nicht versorgen konnten. Manche kamen regelmäßig, um es zu besuchen. Zu anderen kam niemand. Aber die kleine Ute ..." Sie spielte mit dem Kreuz an dem silbernen Band auf ihrer Brust. „Ich kann mich noch gut daran erinnern, wie sie kam, mit den Verbänden um die winzigen Handgelenke, ein kleines, gerade wieder lebendes Bündel. Sie war auf der Intensivstation gewesen, dass sie überlebt hatte, war ein großes Glück. Sie war das Sonnenscheinchen unserer Station, weil sie so zart war. Wir haben sie alle ins Herz geschlossen, alle, die damals da waren. Aber, sagen Sie, wie kommt es, dass Sie sich dafür interessieren und wie haben Sie überhaupt davon erfahren?"
Katharina erklärte es ihr. Luitgarda staunte.
„Dann kommt die Ute in die Zeitung?" Sie überlegte einen Moment, „Ja, will sie das denn überhaupt?"

Katharina lachte. Das wolle sie gerne herausfinden. Zunächst einmal müsse sie sie aber finden. Bisher wüsste sie ja nicht einmal ihren Namen. Luitgarda lächelte verschmitzt.

„Den Namen kann ich Ihnen sagen."

Katharina richtete sich gespannt auf; so einfach hatte sie es sich nicht vorgestellt. Sie gestand sich ein, dass sie eine völlig andere Vorstellung von der Begegnung gehabt hatte. Luitgarda schien einen feinen, zarten Humor zu haben, der aus dem Wissen um die eigenen Schwächen gespeist wurde.

„Kreischer, die Kleine hieß Ute Kreischer." Sicherlich hatte niemand diesen Namen je so liebevoll ausgesprochen wie die alte Schwester Luitgarda.

Katharina sah sie vor sich, 50 Jahre jünger, ein schreiendes Baby mit weißen Verbänden an den Handgelenken im Arm, das sie beruhigend wiegte.

„Sie hat viel geweint. Man hat es kaum gehört, ein ganz leises Weinen zwischen all den schreienden Babys. Aber wir haben immer nach ihr geschaut. Die Verbändchen mussten ja auch täglich gewechselt werden. Es hat uns alle furchtbar aufgewühlt. Wie viel Verzweiflung muss eine Mutter haben, dass sie dazu getrieben wird, ihr eigenes Baby töten zu wollen."

Trotz ihrer vielen Jahre und Erlebnisse hatte sie kein Bedürfnis zu urteilen oder gar zu verurteilen. Oder gerade deswegen.

„Der Vater war sehr verzweifelt. Es hat ihm fast das Herz zerrissen, dass er seine Kleine im Heim abgeben musste."

Sie nahm das Büchlein von Gibran in die Hand und blätterte darin, als könne sie ihre Erinnerungen damit aufschlagen. Ihre Hände waren immer noch kraftvoll. Sie trug keinen Schmuck, ihre Armbanduhr war von ihrem rundlichen Arm in die kleine Kuhle des Handgelenkes gerutscht.

„Ja, jetzt fällt es mir wieder ein." Ihre Augen, die einen leicht mongolischen Schnitt hatten, blitzten triumphierend auf. „Vertreter. Er war Vertreter. Immer viel unterwegs. Er konnte sich einfach nicht auch noch um ein Baby kümmern."

Sie legte das Buch entschlossen wieder hin. In ihrer Erinnerung schien nun Bild auf Bild aufzutauchen.

„Er hat so bekümmert ausgesehen. Er war ein kleiner Mann. Ich habe gleich gesehen, dass er noch immer unter Schock

war. Und natürlich hat er sich furchtbar geschämt für das, was passiert war. Eigentlich wollte er gar nicht darüber reden. Aber ich habe doch gemerkt, wie ihm das alles auf der Seele lag."
Katharina konnte sich gut vorstellen, dass der verzweifelte Vater sich Schwester Luitgarda anvertraut hatte. Sie strahlte ein Vertrauen aus, an dem man sich nähren konnte und sich ernst genommen fühlte. Sie erinnerte Katharina an ihre erste Begegnung mit einer Ordensschwester.

Katharina war 5 oder 6 Jahre alt und musste zu einer Mandeloperation ins Krankenhaus. Nach der Operation brachte ein Engel in einem schwarzen langen Kleid und einer weißen Haube ihr ein Eis. Wunderschön, jung und lachend war der Engel und das Eis war ein Himbeereis.
„Er hatte sich so auf das Baby gefreut." Sie suchte in ihrem Gedächtnis – es schien noch etwas darin verborgen zu sein.
„Richtig ..."
Sie schüttelte dabei den Kopf, als könne sie ihrer Erinnerung kaum glauben.
„Ich glaube, er sagte, er habe einen Säuglingskurs besucht. Kann das sein?"
Diese Frage war an ihre alten Gehirnzellen gerichtet.
„Doch, genau. Ich habe nämlich darüber gestaunt. Wissen Sie, damals war das außergewöhnlich. Für eine Frau – aber für Männer erst recht. Ich habe ihm gesagt, dass er stolz sein kann auf sein kleines Mädchen. Dass sie das überlebt hat."
„Es muss vor ungefähr 20 Jahren gewesen sein", fuhr Luitgarda fort, „da habe ich noch einmal von ihr gehört. Unsere Putzfrau, Frau Werner, hat mir Grüße von ihr ausrichten lassen. Sie, also die Frau Werner, putzte auch im Katharina-Zell-Haus. Dort hat sie Ute getroffen. Sie war damals schwanger, verheiratet war sie, glaube ich, nicht. Jedenfalls hieß sie damals noch Kreischer." Sie lachte in sich hinein, ein warmes, altersverrücktes Lachen, das ganz ihr gehörte.

Katharina bedankte sich. Luitgarda nahm ihr das Versprechen ab wiederzukommen, sobald sie mehr über „die kleine Kreischer" erfahren hatte, und Katharina gab es ihr ohne zu zögern. Luitgarda entschuldigte sich dafür, dass sie in ihrem Sessel sitzenblieb und sie nicht zur Tür begleiten konnte.

„Die alten Knochen wollen nicht mehr so recht."

Als Katharina die Türe öffnete, rief Luitgarda sie noch einmal zurück. Ihr war noch etwas eingefallen.

„Setzen Sie sich doch einen Moment – da ist etwas, was ich Ihnen erzählen möchte."

Katharina nahm wieder Platz.

„Der kleine Bruder kam auch zu uns. Das muss 1966 oder 1967 gewesen sein, also vier oder fünf Jahre später. Die Mutter hatte wohl noch einmal eine Kindbettpsychose bekommen. Aber dieses Mal hat man es rechtzeitig gemerkt. Er war auch nicht so furchtbar lange da. Ich kann mich nicht mehr so recht an ihn erinnern. Wissen Sie, es waren ja so viele Babys ..."

Katharina fand, dass die Schwester ein unglaublich gutes und detailreiches Gedächtnis hatte und das sagte sie ihr auch. Sie freute sich darauf wiederzukommen. Alte Menschen, die im Laufe des Lebens in eine Heiterkeit hinein gewachsen waren, die jungen Menschen verschlossen ist, faszinierten sie. In ihrem Beruf traf sie viele, die schon frühzeitig ihr Lebensurteil gefällt hatten.

Zufrieden verließ Katharina das Schwesternheim. Sie kam gut voran. Es war nicht schwierig gewesen, Luitgarda zu finden. Nachdem sie erfahren hatte, dass das Säuglingsheim nicht mehr existierte, war sie auf das Schwesternwohnheim der Diakonie verwiesen worden. Dort lebe eine Schwester Luitgarda, die 1962 in dem Säuglingsheim gearbeitet habe. Sie sei über 80, höre schlecht, sei aber geistig noch sehr rege. Sie könne jederzeit vorbeikommen, am besten gegen 15.30 Uhr. Katharina hatte den Mittwoch vereinbart, an dem sie am Mittag in Rheinau war, danach hatte sie auf dem Weg in die Redaktion den Besuch im Schwesternwohnheim gemacht.

Sie hatte erfahren, dass das Säuglingsheim zu den „Neckarauer Liebeswerken" gehört hatte. So waren die karitativen Einrichtungen genannt worden, die der evangelische Pfarrer Kühn nach dem Krieg in Neckarau gegründet hatte. Die Matthäuskirche war durch seine Initiative wieder aufgebaut worden, das Wichernhaus, das Margarete-Blara-Haus, das Katharina-Zell-Haus.

Ihre Gesprächspartnerin hatte den Pfarrer Kühn noch gekannt.

„Wenn der auf die Kanzel kam, haben alle Behinderten laut Beifall gerufen", hatte sie erzählt.

Katharina kannte die Begeisterungsfähigkeit von geistig behinderten Menschen: Wenn sie jemanden lieben, dann sind sie einfach umwerfend.

„Er war ein ganz toller Mann", fuhr die Frau am anderen Ende der Leitung fort, „der noch lange gewirkt hat. Die Kinder, die in dieses Heim kamen, hatten noch Glück im Unglück. Es wurde wirklich mit Gottesliebe geführt."

Katharina nahm sich vor, irgendwann einmal mehr über diesen charismatischen Pfarrer in Erfahrung zu bringen. Sie war nicht religiös, dennoch interessierten sie Menschen, deren Glauben inspirierend war und scheinbar spielerisch die Menschen für sich gewann.

Sie fuhr in die Redaktion und sobald sie Zeit hatte, setzte sie ihre Recherche im Internet fort. Sie suchte in Facebook, kein Ergebnis. Google präsentierte ihr mehrere Ute Kreischers und nach kurzer Zeit hatte sie herausgefunden, dass eine von ihnen aus Neuhofen kam, Marathon lief, 50 Jahre alt war. Neuhofen war ca. 15 km von Ludwigshafen entfernt, der Stadt auf der anderen Seite des Rheins. Katharina kannte Neuhofen, es war ein kleines Dorf, bekannt für einen Badesee, der eine Attraktion auch für viele Mannheimer war. Das klang gut. Sollte sie die Gesuchte sein, hatte sie ihren Namen behalten und war im Rhein-Neckar-Raum geblieben.

Luitgardas Lachen – als wüsste sie, dass eine, die um ihr Leben gekämpft hatte, ihren Namen nicht aufgeben würde. Die Telefonnummer allerdings war nicht zu erfahren, weder über Internet noch stand sie im Telefonbuch.

Katharina fand die Nummer des Zell-Hauses heraus, in dem Ute Kreischer gearbeitet hatte. Man erinnerte sich dort trotz der vielen Jahre gleich an die junge Frau. Die Art, ihren Namen auszusprechen, ließ erkennen, dass sie eine beliebte Kollegin gewesen war. Katharina, die es strikt ablehnte wie in ihrer Kindheit ‚Kathi' genannt zu werden, erschien es befremdlich, dass sie von Frau Kreischer als ‚Uti' sprachen. Sie erfuhr jedoch im Gespräch, dass es noch eine Ute gegeben habe und dass Frau Kreischer deshalb Uti genannt wurde.

Mirka, die Tochter von Frau Kreischer, machte gerade im Blara-Haus ein Praktikum, einem Heim für geistig behinderte Kinder und Jugendliche. Katharina hatte Glück, als sie dort anrief. Die junge Frau hatte gerade Dienst und wurde ans Telefon gerufen.

Sie sei Journalistin, erklärte Wintergrün, die eine Reportage über Marathon-LäuferInnen mache. Die junge Frau stellte ihr keine Fragen – weder, wie sie gerade auf ihre Mutter gekommen sei, noch wie sie von ihrem Arbeitsplatz erfahren habe. Katharina war erleichtert, vertrauensvolle Menschen erleichtern die Arbeit einer Reporterin.

„Meine Mama läuft aber gar nicht mehr."

„Das macht nichts – ich möchte erfahren, welche Rolle das Laufen für sie gespielt hat. Wie sie es geschafft hat, sich für dafür fit zu machen, was sie beim Laufen gefühlt hat, wie es ist, nach 42 km über die Ziellinie zu laufen."

„Das wird sie Ihnen sicher gerne erzählen."

Ihr Tonfall war unbefangen. Sie zögerte einen Moment und fuhr dann mit Stolz in der Stimme fort:

„Wir haben schon mal ein Interview gegeben. – Die Mama erzählt gerne von sich; ich sage ihr Bescheid, dass Sie angerufen haben. Übrigens wird sich meine Mutter mit Fletschinger melden. Sie hat vor 2 Jahren den Martin geheiratet."

Im Hintergrund schrie ein Kind. Die junge Frau war plötzlich in Eile.

„Ich gebe Ihnen noch schnell ihre Handynummer. Ich muss auflegen, die Cayenne schreit wieder."

Im Hintergrund hörte Katharina noch, wie die junge Frau liebevoll auf das schreiende Kind einredete.

Sie legte nachdenklich auf. Alles, was sie bisher im Zusammenhang mit Ute Kreischer erfahren hatte, erweckte den Eindruck einer Zugewandtheit und Offenheit, die sie nicht erwartet hatte. Nein, nicht Kreischer, Fletschinger. Sie hatte es auf ihrem Zettel notiert.

Mutter und Tochter schienen unkompliziert zu sein. Beide waren im sozialen Bereich tätig und schienen ein beträchtliches Engagement dafür aufzubringen. Offenbar waren sie in einem guten Kontakt miteinander. Katharina registrierte diese Ergebnisse, ihre Erfahrung sagte ihr, dass das nur eine Seite der Medaille war.

Ganz Schlicht

Es gibt Tage am See, die sind schlicht perfekt. Das Wasser ist mitten in der Pfalz mittelmeerblau, die Wassertemperatur angenehm. Die Sommermorgenluft liebkost Rücken, Schenkel, Brüste, Pobacken und schlummernde Penisse. Menschen dösen oder unterhalten sich leise, Kinder sind nicht in Sicht, es ist ja Schule.

Ein Spätsommervormittag, Ute konnte am See die Vorteile ihrer neu errungenen Selbständigkeit genießen. Sie betreute Annika, Manuela und Samantha. Die Mädels waren toll, nur leider überhaupt nicht in der Lage zu arbeiten, sich zu versorgen oder auch nur ihren Tagesablauf zu regeln. 2-5 Stunden in der Woche waren je nach Fall genehmigt. Sie bekam Stundenlohn. Nächtliche Anrufe, Anfahrten, versäumte Termine, stundenlanges Warten waren Utes privates Engagement.

Mit einem freundlichen „Hi, was ein geiles Wetter?!", begrüßte sie die anderen Glücklichen, die es sich leisten konnten, an diesem Montagmorgen entspannt in der Sonne zu liegen, während in der Stadt die Luft langsam stickig wurde. Sie grüßten freundlich zurück, die Dösenden dösten weiter. Sie breitete ihre Decke aus, legte Sonnenmilch, Lektüre, Handtuch und Handy bereit und trank genussvoll einen Schluck Café-frappé, den sie sich daheim noch schnell gemacht hatte.
Sonne, Wärme, See, nette Menschen, Superbedingungen für einen perfekten Vormittag. Nicht einmal ein Traktorengeräusch von den nahen Feldern störte die Stille. Ihr Körper wurde warm und ihr Kopf schläfrig. Die Gespräche der Deckennachbarn schlugen wie plätschernde Wellen an ihre Ohren. Einzelne Worte zerstoben gischtend in ihren Gehörgängen. Ein Kuckuck sandte einen Spätsommerruf in ihre Halbträume.

„... Auslands ... landsein....sätze .... sätze in .... afgha ... afghanistan ..." Wie ein ferngesteuertes Auto an einem Hindernis drehten sich die Worte an ihrer Schädeldecke. Sie drehte sich auf die Seite. Ein Ohr war jetzt vor Eindringlingen geschützt. Aber das andere schien zu wachsen und wie ein hungriges Insekt Satzfetzen einzufangen.

Ein Mahlstrom von schlechten Nachrichten ergoss sich in die Bucht. Ute richtete sich auf. Zwinkerte in die strahlende Sonne. Das Wasser war immer noch mittelmeerblau, die Sonnenflecken tanzten zwischen dem lichtdurchlässigen Grün der Weidenblätter.

Erik, Tom, Klaus, Harald und der Grauhaarige. Der Grauhaarige schlief, Klaus lag wie immer abseits, Tom ölte seinen knusperbraunen Oberkörper nach. Erik. Erik hatte seine „Junge Welt" bei Seite gelegt und dozierte jetzt über die Gewinne der Finanzinvestoren. Wenn Utes Gelassenheit nicht unter Staatsanleihen, Fondsgesellschaften und kreditunwürdigen Pensionskassen begraben werden sollte, musste sie jetzt eingreifen.

„Uns geht's doch verdammt gut. Wir können hier am See hocken, während die anderen arbeiten müssen." Jetzt war Ruhe. Sie war trotzdem sauer.

Sie sprang in den See. Herrlich, das Wasser war genial, sie schwamm hinaus, mit regelmäßigen Schwimmzügen. Ihren Blick knapp über der Wasseroberfläche, die sich vor ihr ausdehnte.

Heute Abend traf sie sich mit Mirka. Ihre Tochter hatte sich wirklich gut entwickelt, obwohl sie es ja nicht einfach mit ihrer Mutter gehabt hatte. Sie war nie die Mutter, die ihrer Tochter ein geregeltes Leben, eine harmonische Familie und ein gesichertes Familieneinkommen bieten konnte. Aber sie hatte es trotzdem gepackt. Jetzt machte Mirka die Ausbildung als Logopädin. Sie war ein wundervoller Mensch geworden.

Ihre Gedanken kehrten noch einmal zu dem Gespräch am Ufer zurück. Warum beschäftigten sie sich so viel mit dem Negativen? Angst brauchen sie doch am See nicht zu haben. Nicht wie damals im Käfertaler Wald. Dieser Kindheitsalbtraum: Panzer im Wald! Wenn sie dort mit Freundinnen spazieren gingen und plötzlich bewegte sich die

16

Erde! Sie waren vor Schreck wie erstarrt, ein Panzer tauchte auf. Kein Panther, kein Jäger, nein, ein riesiger, schwerer, eiserner Panzer. Mit einem Rohr vorne, das sie anstarrte.

Aber hier war nicht einmal ein Bauer, der sein Feld pflügte.

Sie war zu weit hinaus geschwommen. Sie musste zurück. Seit sie einmal im Schwimmbad von einem Jungen unter Wasser getaucht worden war, hatte sie Angst vor tiefem Wasser und nahm immer eine Schwimmhilfe mit. Also wendete sie und steuerte wieder auf die Bucht zu. Als die fünf wieder in Hörweite kamen, ging es ihr gut. Sie wünschte, Martin wäre da.

Jetzt waren sie schon im neunten Jahr zusammen und im zweiten Jahr verheiratet und es war immer noch schön. Nach zwei schrecklichen Ehen. Mit Martin klappte es. Sie war stolz darauf. Sie arbeiten daran, im positiven Bereich zu bleiben. Beide. Manchmal, na ja, da fiel man halt wieder zurück.

Wie er neulich zum Beispiel über Zeitarbeitsfirmen wetterte. Kein Gedanke daran, dass sie zu dieser Zeit gerade bei Amadeus arbeitete. Nicht nur weniger Geld, auch ständig alles dokumentieren. Von dem Geld konnten sie sich schließlich einiges zusätzlich leisten. Sie war froh überhaupt eine Arbeitsstelle zu haben. Total verheult hatte sie da gestanden. Da hat es ihm natürlich leidgetan.

Sie hatte sich immer arrangiert, überall, wo sie arbeitete, ging sie in den direkten Kontakt. Liebeskummer und -freuden, Krankheiten, Probleme, Launen, Geburt waren ihre Themen. Sie teilte sie mit Kollegen und Chefs. Ständig im Bewusstsein zu haben, dass das System ausbeuterisch war, empfand sie als wenig hilfreich.

Im Callcenter saßen 300 Leute in einer großen Halle. Jeder in einem schalldichten, nach einer Seite offenen Kasten, mit einem Headset auf dem Kopf, auf den Computerschirm starrend und möglichst freundliche Gespräche mit Kunden führend, die immer logen. Manche der Angestellten hatten diesen Schulungssatz tatsächlich verinnerlicht. Die Wände waren aus Schaumstoff, die Menge der Call Agents wurde von einer Kontrollinsel überragt, von der aus die Supervisoren und Coaches die Menge beäugten, in Gespräche rein hörten, ausschließlich zu dem Zweck, sie zu optimieren. Ute laute Stimme oder ihr schrilles Lachen übertönte manches Mal das brodelnde Stimmengewirr, dann wurde sie von einem von der Insel zur Ordnung gerufen.

Es gab auch callfreie Zeiten, dann begann man sich zu unterhalten, vornehmlich mit den KollegInnen aus der gleichen Reihe. Das hatte den Nachteil, dass die, die am Ende der Reihe saßen, den Gesprächen kaum folgen konnten. Deshalb führte Ute den Stuhlkreis ein: Nilgün, Madlen (mit einem e), Ingo, Martin und Ute rollten mit ihren Stühlen in einen Kreis, schauten erwartungsvoll auf Ute, die ohne Scheu von allem erzählte, was für sie gerade wichtig war, von der Pubertät ihrer Tochter bis hin zu Erfahrungen im Swingerclub.

Befangen, neugierig und zunehmend offener wurde der erste Callcenterstuhlkreis zu einer Gemeinschaft, die von der Insel kritisch beobachtet und immer wieder auseinandergetrieben wurde. Mit Nilgün bangten sie um ihren Studienplatz für Medizin, Ingos Trennung machten sie gemeinsam, unterbrochen von Anrufen, die sie, manchmal noch laut lachend, hinter sich brachten. Das Lachen nicht unterdrücken zu können, war immer das Schlimmste. „Was gibt es da zu lachen?", wüteten die Kunden, die das Verständnis für ihr Problem im Gelächter untergehen sahen.

Ute hatte aus der lieblosesten, ödesten Arbeitsplatzsituation eine Kuschelzone gemacht.

Sie war jetzt wieder am Ufer angekommen. Eric las in der „Jungen Welt", Tom blätterte in „Computafreaks", Klaus löste Sudoku, Harald und der Grauhaarige unterhielten sich. Sie lächelten Ute an, während sie aus dem Wasser stieg.

Es gibt Tage am See, die sind einfach perfekt.

Erster Kontakt

Es war 17:30 Uhr. Eine gute Uhrzeit für einen Anruf. „Fletschinger". Sie hatte Glück – unglaublich, gleich beim ersten Mal. Sie stellte sich vor, Katharina Wintergrün vom Mannheimer Abendblatt.

„Ach, die Frau von der Zeitung. Meine Tochter hat mich schon informiert, dass da jemand anruft."

Wunderbar, sie schien ein offener Mensch zu sein.

„Übers Laufen wollen Sie schreiben, hat Mirka gesagt?"

Katharina zögerte einen Moment, „Ja, das hatte ich Ihrer Tochter gesagt. Aber eigentlich mache ich eine Reportage über Wochenbettpsychose ..."

„Oh, das ist aber ein komplett anderes Thema", unterbrach Ute eher erstaunt als verärgert, „warum haben Sie das nicht gleich gesagt?"

„Ich wusste ja nicht, ob Ihre Tochter Bescheid weiß, und wollte deshalb nicht mit der Tür ins Haus fallen."

„Das wäre zwar nicht nötig gewesen, Mirka weiß Bescheid. Ich finde es aber grundsätzlich gut, dass Sie so achtsam sind."

Die Reporterin holte Luft um fortzufahren, als Ute schon fragte: „Und wie sind Sie da gerade auf mich gekommen? Oder eher gesagt, wie haben Sie meine Tochter gefunden?"

Es klang nicht vorwurfsvoll, eher in höchstem Maße erstaunt.

„Ursprünglich habe ich eine Frauenärztin interviewt, die mir von einem außergewöhnlichen Fall erzählt hat, der sich allerdings schon vor 50 Jahren zugetragen hat. Bei diesem Fall hat die Mutter versucht, zuerst ihr Kind und dann sich selber zu töten."

„Das war ich", sagte Ute, „das Baby war ich. Die hat doch aber nicht meinen Namen gesagt, oder? Und ich hab jetzt auch ´nen anderen Nachnamen? Und von Mirka kann die doch auch nichts wissen?"

Katharina war kurz aus dem Konzept gebracht. Sie entschloss sich einfach weiterzuerzählen.

„Natürlich nannte die Frauenärztin nicht Ihren Namen, aber sie erzählte mir, dass Sie direkt nach dem Vorfall ins Säuglingsheim in Mannheim-Neckarau kamen."

Als Katharina über die Begegnung mit Schwester Luidgarda erzählte, unterbrach ein völlig fassungsloses „Was?" ihren Bericht. Dann hagelte es erneut Fragen.

„Lebt Schwester Luitgarda noch? Ist ja toll. Das war wirklich eine unglaublich liebe Person. Sie haben mit ihr gesprochen? Sie hat Ihnen also alles erzählt? Die muss doch schon uralt sein? Ich hab schon über 20 Jahre nichts mehr von ihr gehört. Aber bei der Geburt meiner Tochter Mirka, da hat sie mir einen Gruß bestellen lassen. Sie hat sich total gefreut, dass es mir gut geht. Aber die konnte doch unmöglich wissen, was Mirka macht. Ich habe damals ..."

Sie legte eine kurze Pause ein, in der sie offensichtlich überlegte. Katharina schwieg.

„Jetzt sagen Sie mir zuerst einmal, was genau Sie von mir wollen. Warum haben Sie angerufen? Das ist gerade ein bisschen too much."

Sie klang immer noch neugierig und nicht im Geringsten beunruhigt, nur ein wenig atemlos.

Katharina erklärte ihr also, dass sie sich dafür interessiere, wie dieses Gewalterlebnis ihr Leben beeinflusst habe. Sie hätte also einige Fragen an sie, die sie ihr gerne in einem Gespräch stellen würde.

„Sie wollen also über mein Leben schreiben?"

Katharina bejahte, setzte zu weiteren Erklärungen an, entschied sich aber dann dafür, diese einfache Antwort wirken zu lassen.

Räuspern am anderen Ende der Leitung. „Ich ..." Stille, Frau Fletschinger war sprachlos.

„Sie sind jetzt verständlicherweise überrascht und natürlich müssen Sie sich auch nicht gleich entscheiden. Darf ich Ihnen meine Telefonnummer geben? Rufen Sie mich doch einfach an, wenn Sie alles überdacht haben. Oder wenn Sie mir Fragen stellen wollen."

„Das können Sie wohl glauben, dass ich total überrascht bin."

Sie hatte sich gefangen und nahm wieder Tempo auf.

„Das ist alles ziemlich viel auf einmal. Dass sich jemand Wildfremdes gerade für diese Geschichte interessiert, das trifft mich völlig unvorbereitet. Und dass das in die Zeitung soll ..."

Sie zögerte einen Moment.

„Ich bin nicht geschockt, es ist nur ..."

Ihr Entschluss kam schnell.

„Ich brauche keine Bedenkzeit, Sie können kommen. Ich glaube, das passt mit uns beiden. Wenn nicht, dann ist ja wohl klar, dass ich jederzeit alles rückgängig machen kann."

Katharina versicherte ihr, dass sie selbstverständlich jederzeit das Recht habe, das Interview abzubrechen oder auch Gesagtes wieder zurückzuziehen. Sie war sehr erfreut, dass Frau Fletschinger sich so spontan für ein Gespräch bereit erklärte. Sie verabredeten sich für die kommende Woche.

Ute wollte noch einiges wissen: wie der Verlauf des Gespräches geplant sei, wie viel Zeit sie einkalkulieren müsse, ob Aufzeichnungen gemacht würden, wie lang der Artikel werden würde, wann er erscheinen solle, ob sie noch andere Frauen dazu interviewt habe.

Offen, selbstbewusst, kritisch, notierte Katharina für sich. Sie beantwortete ihre Fragen. Ute war damit zufrieden und sie verabschiedeten sich.

Als Katharina den Hörer auflegte, freute sie sich. Frau Fletschinger hatte keine misstrauischen Fragen zum Datenschutz gestellt, keine vorgetäuschten Absichten vermutet.

Unvoreingenommen, sehr wach, gesprächsbereit. Wunderbar. Katharina begegnete in ihrem Beruf vielen Menschen, die nicht mehr bereit waren, Fragen spontan zu beantworten. Manche beobachteten jede Bewegung ihres Stiftes, als sei er eine gefährliche Waffe.

Dennoch wunderte sie sich über Frau Fletschingers Offenheit. Schließlich gab es doch kaum etwas Unvorstellbareres, als von der eigenen Mutter fast umgebracht worden zu sein. Katharina hatte einen zurückhaltenden, introvertierten Menschen erwartet. Die Realität war wieder einmal spannender als die Vorstellung.

Katharina trug den Termin in ihren Timer ein und machte sich an die abendliche Arbeit, Berichte fertigzustellen.

Das Interview

„Kommen Sie zu mir", hatte Frau Fletschinger geantwortet, als Katharina sie fragte, wo sie sich treffen könnten. Sie wohnte in einem Neubaugebiet in Neuhofen.
Sie öffnete sofort, eine Frau mit glattem blondem Haar, das sie offen trug. Katharina stieg über die Schuhe, die im Eingangsbereich herumlagen, und wurde von Ute in die Küche geführt.
Sie schlug vor, auf den Balkon zu gehen. Er war ebenerdig und schaute auf einen kleinen plattierten Platz. Katharina fragte sich einen Moment lang, ob sie Frau Fletschinger darauf hinweisen sollte, dass das Gespräch von NachbarInnen mitgehört werden könnte. Sie ließ es, denn sie hatte den Eindruck, dass diese Frau entschlossen war zu reden, wann und wo sie das Bedürfnis verspürte.

„Soll ich uns erst noch einen Latte Macchiato machen?"
Katharina bejahte und blieb im Essbereich stehen. Sie schaute zu, wie Ute den Kaffeevollautomaten bediente. Er stand in der Mitte eines Küchenbordes und überstrahlte alle anderen Gegenstände an Neuigkeit und Bedeutung.
Die Küche war klein und voll. Katharina hatte 3 Kalender in ihrem Blickfeld: einen MAN-Kalender mit einem LKW in einer blühenden Frühjahrslandschaft, einen Terminkalender, der mit Terminen gespickt war und den Veranstaltungskalender der Gemeinde Neuhofen.
Eine riesengroße Korkpinnwand voller Zettel, Einladungen, Flyer, Notizen, Zeitungsausschnitte. Auf dem Küchentisch eine Glaspyramide mit 2 Kamelen rechts und links davon, ein weißer Steinengel, aktuelle Supermarktprospekte, der Meier, diverse Gläser, ein großer Tonkrug. Die Wohnung strahlte einen großen Hunger nach Lebendigkeit aus.

Während sie den Latte zubereitete, redete Ute. Von der wunderbaren Erfindung der Kaffeemaschine, von ihrer Reise in die Wüste, von der Bedeutung der Gegenstände auf dem Küchentisch.

Das Aletegläschen sei mit Sand aus der Sahara gefüllt, der Tonkrug mit Halbedelsteinen und Wasser. Ihr Mann sei Lastwagenfahrer, deshalb der MAN-Kalender.

Sie machte keinen Versuch, die Fülle der Informationen oder Gegenstände in eine Ordnung zu zwingen. Sie ließ alles in kunterbuntem Durcheinander.

Während sie die Milch aufschäumte, lachte sie, drehte sich dann zu der Reporterin.

„Ich würde übrigens viiiel lieber übers Laufen reden als schon wieder über die Kindbettpsychose meiner Mutter." Sie reichte Katharina ihren Latte.

„Schon wieder?", fragte Katharina und Ute begann zu erzählen, den Latte in der Hand.

„Vor 2 Wochen habe ich eine Rückführung gemacht von meiner Zeugung bis zu dem Tötungsversuch. Ich dachte, damit sei das Thema endgültig abgeschlossen."

Katharina hatte nur eine vage Vorstellung davon, was eine Rückführung war. Sie brachte es in Zusammenhang mit halb geschlossenen Lidern und qualvoll zusammengefalteten Beinen, einem sanftbärtigen Guru und konturlosen Aussagen über jenseitige Welten.

Sie nahmen auf dem kleinen Balkon Platz. Katharina stellte ihren Latte auf dem Tisch ab. Die geblümte Tischdecke war bis auf 2 Gläser und einen Krug leer. Katharina holte ihr Aufnahmegerät aus der Tasche und schaltete es ein.

„Wann haben Sie denn von der Gewalttat, die Sie als Baby erlebten, erfahren?"

Ute konnte sich sehr genau daran erinnern. Während eines Besuchs bei ihrem Vater hatte man es ihr erzählt. Damals war sie eine junge Erwachsene.

Bis dahin habe die Geschichte gegolten, die man ihr als Kind erzählt hatte. Sie sei durch die geschlossene Terrassentür gerannt. Weil sie mit den Händen ihr Gesicht geschützt habe, seien ihre Handgelenke verletzt worden. Sie glaubte den Erklärungen der Erwachsenen und fragte nicht nach.

Katharina fiel sofort auf, dass in dieser Geschichte dem Kind die Schuld zugeschoben wurde.

„Das war aber nicht fair" sagte sie.

Ute hob erstaunt die Augenbrauen, genau das hatte sie als Kind auch gefühlt.

Das Kind damals hatte so vieles erwogen: dass man doch nicht die Hände schützend vors Gesicht hält, bevor man zufällig in eine Terrassentür läuft, dass die Narbe am Kopf hätte sein müssen.

Sie hielt Katharina ihre beiden Handgelenke hin.

„Schauen Sie sich mal die Narben an. Die sind doch unglaublich. So schlecht genäht."

Katharina fand die Narben unauffällig: zwei quer verlaufende Hautfalten mit kleinen senkrechten Linien.

„Sie jucken immer noch. Die rechte Narbe entzündet sich manchmal. Wenn ich kratze, wird sie krebsrot und schwillt an."

Katharinas Blick haftete auf den beiden Narben: die unscheinbaren Zeuginnen eines längst verjährten Dramas.

„Sehen Sie, man sieht genau die waagerechten Schnitte. Sie hatte Gott sei Dank falsch herum geschnitten."

Die Adern längs aufschlitzen. Darauf wäre Katharina nicht gekommen.

„Das machen viele, weil sie nicht wissen, dass man die Adern längs schneidet. Wenn man waagerecht schneidet, geht die Wunde zu. Nur wenn man längs schneidet, ist die Ader wirklich offen und das Blut nicht mehr zu stoppen."

Katharina kommentierte die Erläuterungen mit einem knappen „Aha".

„Deswegen habe ich überlebt, weil sie falsch geschnitten hat."

Mit einer raschen Handbewegung wischte Ute diese Bemerkung gleich wieder fort.

„Als Freundinnen mich fragten, ob ich versucht hätte, mich umzubringen, fiel es mir zum ersten Mal auf: Die Geschichte mit der Terrassentür ist doch völlig unglaubwürdig. Aber ich habe sie geglaubt, bis ich erwachsen war."

War es vor der Geburt ihrer Tochter? Während des Studiums? Vor dem Tod ihrer Mutter?

Nein, es war doch ganz anders. Sie hatte von der Kindbettpsychose schon früher erfahren. Das war, als die Gurtpflicht eingeführt wurde. Katharina konnte sich an die Zeit vor der Gurtpflicht nicht erinnern.

„Das können Sie ja nachschauen. Auf jeden Fall war ich Teenager. Genervt von allem, und vor allem von meiner

Mutter. Weil sie sich nie anschnallen wollte. Dabei fuhr sie wirklich furchtbar.
Ich habe ihr also zum wiederholten Male erklärt, dass sie sich anschnallen soll. Man weiß ja, was richtig und gut ist in dem Alter.
Dann hat sie gesagt: ,Hör endlich auf damit. Ich war schon mal angeschnallt. In der Heidelberger Psychiatrie.' Ich verstand den Zusammenhang nicht. Überhaupt nicht.
Sie hatte Kindbettpsychose mit mir und wurde mit Elektroschocks behandelt. Deswegen schnallte sie sich nicht an. Nie.
Da habe ich den Mund gehalten. Wir haben nicht mehr darüber geredet. Elektroschock, Psychiatrie und Mama – davon wollte ich gar nichts wissen. Ich hab ihr jedenfalls nie mehr gesagt, dass sie sich anschnallen soll."

Katharina sah auf ihr Aufnahmegerät. Es war alles in Ordnung. Es zeichnete auf.
Die Frau sprach schnell, hektisch. Sie zeigte kein Mitgefühl mit dem Teenager, der, während der Sicherheitsgurt klickte, ein Bild zu löschen versuchte: die Mama, angeschnallt und unter Stromstößen zuckend.

Ute erinnerte sich jetzt daran, wann genau sie von dem Tötungsversuch erfuhr.
„Es war bei diesem Besuch bei meinem Vater, von dem ich Ihnen erzählte. Ich war 19, ich bin mir jetzt ganz sicher. Meine Mutter war wahrscheinlich in der Psychiatrie. Mein Vater sagte nämlich:
,Die Mama wollte dir das eigentlich an deinem 18. Geburtstag sagen, aber sie hat es nicht geschafft. Sie wollte es schon früher erzählen. Aber du warst so jung. Sie hat es immer aufgeschoben, weil sie glaubte, du seist zu jung.'
Ich war ganz ungeduldig und spürte, dass etwas Wichtiges kommen würde.
,Du erinnerst dich doch, dass du, als dein Bruder geboren wurde, bei der Schweizer Oma warst.'"
Ehe Katharina nachfragen konnte, erklärte Ute es ihr.
„So nannten wir die Oma, weil sie Schweizer mit Nachnamen hieß.

Mein Vater erzählte, dass mein Bruder ins Säuglingsheim gebracht wurde. Sie hatten Angst, dass meine Mutter noch einmal das Gleiche tut, das sie mit mir gemacht hatte. Mir war fast schlecht, aber ich wusste, dass jetzt irgendwas aufgedeckt werden sollte. Etwas, von dem niemand je gesprochen hatte und das die ganze Zeit da gewesen war. Irgendwie hatte es sich verraten. Ich weiß nicht wie.

‚Ich bin abends nach dem Arbeiten heimgekommen. Es war schon spät. Es war so still in der Wohnung. Ich habe deine Mutter gerufen. Als sie nicht geantwortet hat, wollte ich an dein Bettchen. Ich ging ins Kinderzimmer. Deine Mutter stand ganz starr neben dem Bettchen aus ihren Handgelenken floss Blut. Ich guck ins Bett, auch da BLUT. Dann habe ich deine Mutter angeschrien.
‚Elsbeth, was hast du getan?'
Da nahm deine Mutter die Schere, die auf der Wickelkommode lag, und rammte sie sich seitlich in den Hals.“

Katharina unterbrach sie mit einer Frage. Sie wollte wissen, ob ihr Vater tatsächlich das Wort rammte benutzt hatte. Die Antwort würde ihr eine Atempause verschaffen.
Ohne auf die Frage einzugehen, beschrieb Ute die Narbe am Hals ihrer Mutter. Eine 5 bis 6 cm lange Narbe, unglaublich breit, dick und hässlich. Das Fleisch im Inneren der Narbe leicht bläulich verfärbt. Von dem schulterlangen Haar ihrer Mutter wurde sie kaum verdeckt. Über diese Narbe war nie gesprochen worden. Man hatte sie ignoriert.
„Er sagte dann noch“, fuhr Ute fort, „dass der Krankenwagen kam. Dass ich ganz viel fremdes Blut bekommen habe. Es hat 2 oder 3 Tage gedauert, bis klar war, dass ich überleben würde.“
Katharina hatte das Gefühl, von der Brandung gegen einen Felsen geschlagen zu werden. Unablässig, blutend, stumm.
„Ich hab es mir nicht vorgestellt. Kein Bild. Es war eine Erzählung. Ich war geschockt. Ziemlich geschockt. Und erleichtert. Endlich eine Erklärung. Für so vieles. Warum meine Mutter mich permanent beschützen wollte. Meine ganze Kindheit war von ihrem Schuldgefühl geprägt. Das

26

Familiengeheimnis war aufgedeckt. Endlich. Kinder wissen einfach, dass etwas nicht stimmt."

Katharina nickte. Sie fühlte sich manchmal ebenfalls wie ein Kind, das ahnt, wenn etwas nicht stimmt. Diese Intuition war ihr in ihrem Beruf sehr nützlich. Allerdings hatte sie immer die Freiheit gehabt zu entscheiden. Im Bann von Ereignissen zu stehen, auf die sie keinen Einfluss hatte, war eine Erfahrung, von der sie verschont geblieben war.
„Hat die Gewalttat ihr Leben beeinflusst?", fragte Katharina. Die Frage erschien ihr grob und sie war nicht erstaunt, als Frau Fletschinger gereizt reagierte.
„Wenn Sie eine Geschichte von dem Opfer wollen, das lebenslang leidet, dann sind Sie bei mir falsch."
Katharina wehrte ab. Sie interessiere sich dafür, ob es Zeichen gegeben habe, Träume, Erinnerungsfetzen. Ute überlegte, konnte aber nichts Konkretes benennen.
„Wie haben Sie die Geburt Ihrer Tochter erlebt?"
Sofort war Ute wieder an dem Gespräch interessiert. Sie war stolz gewesen, ein Kind zu bekommen. Glücklich. Sie machte sich keine Gedanken, alles würde gut gehen. Zu der Zeit lebte sie in einer Wohngemeinschaft.
„Ich habe dort alles bekommen, was ich brauchte: ein Zuhause, Freunde, Liebe, Vertrauen, Respekt ... und Sex. Gedanken über die Zukunft habe ich mir nicht gemacht: Das klappt schon!, dachte ich mir damals.
Bis der Brief kam. Geschätzte 16 Seiten. Beide hatten sie unterschrieben, mein Vater auch. Meine Mutter hatte ihn geschrieben. Ich sollte das Kind abtreiben."

„Ist ja unglaublich! Wie alt waren Sie damals?"
Katharina sah eine Minderjährige in einer chaotischen Kommune der Nach-68-er vor sich.
Sie sei siebenundzwanzig gewesen, gab Ute zur Antwort. Seit ihrem Auszug mit 18 hatte sie sich weder ihren Eltern anvertraut noch sie jemals um Rat gefragt.
„Mein Lebenswandel, Kommune, Gruppensex, ständig wechselnde Arbeitsplätze ... verstehen Sie, meine Eltern wollten keinen Enkel, weil sie mir die Erziehung eines Kindes nicht zutrauten. Zudem meinte meine Mutter, dass sie noch

keine Zeit habe, um Oma zu werden. Sie hat sich tatsächlich eingebildet, ich würde ihr mein Kind anvertrauen ..."

Sie las den Brief ihrer WG vor. „Die spinnen doch", war das einhellige Urteil. Am besten gar nicht darauf reagieren.
„Dann kam der Anruf. Meine Mutter sagte, ich würde auch Kindbettpsychose bekommen. Es läge in der Familie, meine Uroma habe es auch gehabt.
Ich erinnerte mich an diese Geschichte. Die Uroma war in der Psychiatrie. Ihr ganzes Leben lang. Nach der Geburt war sie verrückt geworden. Weil die Muttermilch ins Hirn geschossen ist. Da könne man nichts machen, hieß es damals.
Die Oma ist deshalb im Kloster aufgewachsen."

Katharina entfuhr ein Seufzer der Empörung. Das musste Anfang des 20. Jahrhunderts gewesen sein, einer Zeit, in der in immer rascherem Tempo die Welt neu erfunden wurde: Glühbirne und Telefon, der erste Film, der erste Motorflug, Carl Benz baute in Mannheim ein Auto. In Paris fand die große Weltausstellung statt, der Eiffelturm wurde gebaut. Es gab die Entdeckung der Röntgenstrahlen und der Radioaktivität, Einsteins Formulierung der Relativitätstheorie.
Der menschliche Geist war bis zum Atomkern und an die Grenzen der Vorstellungskraft vorgestoßen – doch den Frauen schoss die Muttermilch ins Gehirn! Die Männer drängten mit ihrem Forschergeist an die Grenzen des Wissens – den Frauenkörper jedoch überließen sie den primitivsten Spekulationen.

„Er hat mich beruhigt."
„Wer?" Katharina war abgedriftet.
„Einer Kindbettpsychose geht fast immer eine unglückliche Schwangerschaft voraus. Er könne keinerlei Anzeichen für Besorgnis bei mir entdecken. Außerdem könne man die Krankheit heute medikamentös behandeln."
Sie hatte mit ihrem Frauenarzt über ihre Ängste gesprochen.
„Ich war beruhigt, habe ihn aber trotzdem gebeten, genau achtzugeben. Weil ich mir aber immer noch nicht sicher war, ging ich zu der Psychologin, bei der ich meine erste Therapie gemacht hatte. Ich fragte sie, ob ich zu ihr kommen könne,

28

falls irgendetwas sein sollte. Sie versicherte mir, dass das selbstverständlich sei."

Frau Fletschinger hatte Therapie gemacht. Das wunderte Katharina nicht.

„Ich habe dann noch Kontakt mit meiner Oma aufgenommen. Ich besuchte sie zu Hause in Fellbach und ließ mir von ihr erzählen, wie es während und nach der Schwangerschaft war. Sie hat mir damals erzählt, dass meine Mutter in der Schwangerschaft furchtbar unglücklich war, allein gelassen und einsam. Nach der Geburt fühlte sie sich mit Füttern und Windeln immer mehr überfordert.

Es sollte alles nach Plan passieren, alles sollte besonders gut und richtig sein."

Ute bot Katharina ein Glas von dem selbst gesprudelten Wasser an und Katharina trank es in einem Zug leer. Als sie das leere Glas auf den Tisch stellte, sah sie Ute lächeln in der Erinnerung an ihre Oma.

Warm war es bei ihr gewesen, ein Kohleofen, der immer geglüht hatte. Ein kleines Häuschen hatte sie gehabt, nicht so ein großes, in dem man sich verloren fühlt. Später hatte ihre Mutter den Kontakt mit der Oma unterbunden. Wenn die Oma zu ihren seltenen Besuchen nach Rohrhof gekommen sei, saß sie herum und war in sich selbst versunken.

„Ich weiß nicht, warum das alles so war. Als Kind nimmt man es hin, alles ist, wie es ist. Dass wir die Oma Schweizer kaum noch sahen, das war eben so. Deshalb war es wunderbar, sie an diesem Nachmittag zu besuchen. Wir haben gelacht, wir saßen im Café, es war so eine tolle Begegnung. Meine Oma war ja meine erste Bezugsperson – sie war es, die mich die ersten vier Wochen meines Lebens versorgt hat."

Sie strich sich mit einer schnellen Handbewegung eine Haarsträhne aus dem Gesicht und Katharina schien es, als weiche sie ihrem Blick aus.

„Vielleicht ..."

Sie kratzte gedankenverloren an den Narben an ihren Handgelenken.

Sie sah die Oma vor der dunklen Schrankwand auf den Polstern eines Bänkchens sitzen. Schweigend, herzkrank, unbeteiligt. Jetzt verstand sie, warum die Beziehung zwischen ihrer Mutter und ihrer Oma so gestört gewesen war. Ihre Oma hatte ihre Mutter verurteilt.
„Warum hast du das getan?"
Dieser Vorwurf hatte immer unausgesprochen im Raum gestanden.

Sie schaute Katharina direkt in die Augen, während sie fortfuhr.
„Das geht mir jetzt doch ziemlich nahe, die Frauengeschichte in meiner Familie. Sie haben da etwas angestoßen."
Sie schwieg und strich über ihr Sommerkleid, als wolle sie sich unter dem Stoff spüren. Dann kam sie zu Katharinas Überraschung auf die Frage zurück, die sie eigentlich nicht beantworten wollte.
„Sie haben mich gefragt, welche Folgen das ..."
Sie zögerte einen Moment. „... das Ereignis für mich hatte. Ich hatte ..."
Sie suchte nach Worten. „Ich hatte mein Vertrauen verloren, kein Urvertrauen mehr. Es stimmt." Ihre Stimme wurde ärgerlich.
„Ja, es war so: Auf meiner Stirn stand es geschrieben, jahrelang: Opfer."
Katharina, erstaunt über die Wende, hörte gespannt zu.
„Das letzte einschneidende Erlebnis war die Vergewaltigung."
Vergewaltigung. Das war zu viel, das ruinierte die ganze Geschichte: Sexuelle Gewalt taugte nicht als Beigabe.

„Ich denke schon, dass einiges nicht passiert wäre, wenn ich auf die Signale geachtet hätte."
Welche Signale? Wollte sie andeuten, dass sie die Vergewaltigung hätte verhindern können?

Ute zuckte mit den Schultern, es war nicht mehr zu ändern. Sie war nicht die Frau, die sich Gedanken über verpasste Chancen machte.
Nach der Vergewaltigung war sie wach geworden. Sie hatte Wen-Do Kurse gemacht. Sie hatte sich ihre Körpersprache

bewusst gemacht: nicht mehr Opfer sein, das musste sie ausdrücken, mit ihrem Körper und in der Sprache. Sie musste lernen sich zu wehren.

„Ich hab's gelernt."

Katharina spürte ihren hart erkämpften Stolz darauf.

„Heute glaubt mir niemand, wenn ich erzähle, dass ich der Klassendepp war."

Sie schaute Katharina erwartungsvoll an, als wolle sie auch von ihr eine Bestätigung, wartete Katharinas Kommentar jedoch nicht ab. Hinter atemlosen Erzählungen verbarg sie ihre Verletztheit. Die ganze Pubertät hindurch, von der 6. bis zur 10. Klasse, sei sie gehänselt worden. Hässlich und dumm habe sie sich gefühlt.

Katharina wurde es schwer zuzuhören. Sie fühlte Widerwillen, sich zur Zeugin von Demütigungen machen zu lassen. Das Bild von Anna tauchte in ihr auf, einer Klassenkameradin in der fünften. In ihren schäbigen Kleidern hatte sie Katharinas Freundschaft gesucht. Katharina jedoch hatte sie zurückgewiesen – sie interessierte sich für die selbstbewusste Sarah, für die intelligente Maria oder den vorlauten Tim. Als Anna sitzenblieb, verschwand sie aus Katharinas Blickfeld.

Sie fühlte sich wohler, als Frau Fletschinger das Thema wechselte und von ihren Beziehungen sprach.

Sie habe sich immer an ihre jeweilige Beziehung geklammert, gleichzeitig aber nie daran geglaubt, dass sie wirklich halten würde.

Katharina hakte nach und bat sie, doch ein wenig genauer zu erzählen. Für Beziehungen war jede ihrer Leserinnen Expertin.

„Können Sie sich noch an ihre erste Liebe erinnern?"

Katharina wusste, dass diese Frage für viele Menschen zu direkt gewesen wäre.

Ute lachte, sah sie mit einem abschätzenden Blick an.

„Sind Sie sicher, dass Sie das hören wollen?"

Die Halle der ewigen Jugend

Heute ist Donnerstag und Ute geht in die MusicHall. Jeder in der alternativen Szene von Mannheim und Ludwigshafen kennt die Hall. Seit über 30 Jahren existiert sie in einem Vorort von Ludwigshafen. Größere Veränderungen sind in diesen 30 Jahren nicht vorgenommen worden. Das Mobiliar, die Beleuchtung, die Anlage wurden immer mal wieder den wechselnden Trends angepasst, das Flair blieb unverändert und signalisierte:
Kommt wie ihr seid, aber seid locker und unspektakulär. Wir mögen es nicht schrill, tolerieren jedoch Extravagantes ebenso wie von der Zeit längst Überholtes. Bringt eure Kinder, die jetzt Jugendliche und junge Erwachsene sind, einfach mit.

In der Hall funktioniert das. Ute hatte Mirka an ihrem 14tenGeburtstag mitgenommen. Ein anderes Kinderladenkind aus Mirkas Kinderladenzeit ging immer mal wieder mit seiner Mutter hin. Wenn die Generationen unter sich sein wollen, gehen sie an unterschiedlichen Tagen. Donnerstag ist Midlife Tag, Utes Tag.

Von 22 bis 24 Uhr tanzt sie. Beim Tanzen gibt es nur noch die Musik und die freie Bewegung. Sie ist ganz für sich. Die Musik trägt sie. Die anderen, das weiß sie, sind genauso glücklich und wollen ihr nichts Böses. Ein kurzes Angelächelt werden oder Anlächeln, ein belangloses Gespräch und ein Lied, das in dem Moment genau richtig ist, mehr braucht es nicht, damit der Glücksstrom zu fließen beginnt. Den Donnerstagabend zu zelebrieren, dazu kommt sie her.

An diesem Abend ist die Stimmung ausgelassen. Ute jedoch ist in den Bildern gefangen, die der Besuch der Reporterin bei ihr ausgelöst hat. Vergangenes in die Gegenwart zu rufen, ist nicht ihre Art.
Ute ist mit Georgia da, einer Freundin, die wie sie Mutter ist. Sie stehen vor der Tür, rauchen.

„Ich fühle mich wie damals vor 30 Jahren, als ich das erste Mal in der Hall war." Seit dieser Zeit ist Ute der Hall treu geblieben. Nicht immer freiwillig. Es gab eine Zeit, da ging sie zwanghaft jeden Donnerstag in die Hall. Sie lechzte nach dem Gefühl, noch jung sein zu dürfen.

„Die Hall ist Heimat für mich. Wie ein Stück ewige Jugend."

„Du wirst alt, meine Liebe. Wenn man anfängt, seine Jugend zu verklären, ist es so weit."

Ute ist nicht begeistert von der Reaktion ihrer Freundin. Sie kennen sich seit 14 Jahren. Ute brauchte ein paar Züge an ihrer Zigarette, bevor sie ihrer Freundin antwortete.

„Verklärung oder nicht, ich fühl' mich halt jung."

Und nach ein paar weiteren Zügen:

„Auf jeden Fall freier als damals."

Georgia bläst schweigend Rauchkringel in die Luft und drückt dann ihre Zigarette aus.

„Lass uns tanzen!"

Sie gehen durch die kahle Eingangshalle am Kicker vorbei.

„Life is life!"

Die Botschaft erreicht sie, als sie die Treppen hinaufsteigen. Als sie die Tür öffnen, schwillt die Musik an. Sie trägt Ute über eine Schwelle.

Die Disco ist wie damals der Kindergarten. Wenn sie durch das Tor hinter dem Kindergarten auf die Wiese ging, wo sie mit den anderen Kindern Sackhüpfen und Eierlaufen spielten, dann war die eingeschüchterte Ute grenzenlos glücklich.

„Geh aus mein Herz und suche Freud."

Ute sang das Lied andächtig und gläubig mit. Ja, eines Tages würde ihr Herz losmarschieren und Freude suchen und natürlich finden. So wie man Ostern Ostereier findet.

Ute breitet ihre Arme aus, schüttelt ihr Haar. Weit und ekstatisch und zärtlich ist ihr Herz. Die Stroboskopsterne an der Decke funkeln.

Einer von ihnen ist ein Pinguin aus Glas, winzig, ein Geschenk ihrer Mutter, ihre größte Kostbarkeit. Abends hatte die Nachttischlampe den Pinguin angestrahlt und er reflektierte das Licht. Auf tollpatschigen Füßen watschelte er durch ihr

Kinderzimmer und suchte einen Teich, in den er eintauchen konnte.

So wie sie in die Bettdecken eintauchte, wenn sie krank war. Dann war alles gut. Ihre Mama saß lange an ihrem Bett, sie brachte ihr Tee und kleine Geschenke. Trotzdem hat sie nie eine Krankheit vorgetäuscht. Sie hätte ihre Mama nie belogen, auch nicht um zu bekommen, was sie sich so sehnlichst wünschte.

Während einer dieser Krankheiten war der Pinguin zu ihr gekommen. Er blieb. Die Mama hingegen war oft fort. Sie sei bei der Oma oder eine Freundin besuchen, erzählte sie in der Schule. Oder im Krankenhaus. Bald hatte sie nicht mehr genug Ausreden, um zu verbergen, dass ihre Mutter immer wieder in der Psychiatrie war.

Wenn ihre Mutter zwischen den Aufenthalten zu Hause war, war das Leben auch nicht leichter. Sie wollte alles, alles wieder gut machen, was sie in der Zeit ihrer Krankheit versäumt hatte. Jede Sekunde war sie für ihre Kinder da, passte auf, dass ihnen nichts geschah.

Alleine wurde das Riesenhaus, das sie bewohnten, noch größer. Und einsamer. Denn ihr Papa war ja auch unterwegs. Er war Handelsvertreter. Handelsvertreter sind immer unterwegs und können nicht regelmäßig für ihre Kinder da sein, auch wenn sie die Kinder ganz doll lieb haben. Viele Male hatte er ihr vorgesprochen, was sie antworten musste, wenn sie nach seinem Beruf gefragt wurde: Handelsvertreter für Schwimmbadtechnik und Wasseraufbereitung.

Es war wichtig, das auswendig zu wissen, denn ihr Papa war etwas Besonderes.

Deshalb gab es auch das große Loch im Keller, das war für das Schwimmbecken. Papa sagte, das Loch muss nur noch geplättet werden, dann haben wir ein Schwimmbad im Haus. Es kam aber nie Wasser rein.

Deshalb wurden Holzbretter darüber gelegt. Darauf baute ihr Papa mit ihrem kleinen Bruder die Legoeisenbahn auf. So erfuhr sie, dass er ihren Bruder lieber hatte als sie. Als sie Kind war, tat das weh.

Sie liebte ihren Bruder trotzdem. Er war ein süßer Bub und sie beschützte ihn. Sie passte auf ihn auf, begleitete ihn zu seinen Freunden, brachte ihn ins Bett.

Im Winter war sie ganz besonders gefordert: Sie suchte seine Handschuhe und setzte ihm die Mütze auf, bevor sie gemeinsam in die Schule gingen. Mittags kam die Haushälterin. Sie war immer betrunken.

Als der Vater das endlich merkte, ging er zum Arbeitsamt, um eine neue zu bekommen. Die nächste war klein und fett und hat in Tonnen von Fett gekocht. Wenn sie weg war, hat Ute manchmal Spaghetti mit Tomatensoße gemacht. Oder Pellkartoffeln. Nach ihren Möglichkeiten eben.

Oft weinte sie in dem leeren Haus. Nicht einmal ihr größter Schatz, der Pinguin, konnte sie trösten. Er strahlte immer, fühlte sich nie einsam. Außerdem war er schön und sie war hässlich. Das war das Schlimmste: Sie war ein hässliches, dummes Mädchen.

Deshalb machte sie alles, was die anderen Mädchen ihr sagten. Es nutzte nichts: Ihre Klassenkameradinnen lachten sie aus und hänselten sie.

Als Manuela in die Klasse kam, war sie gerettet. Die war noch dümmer. Jetzt ließen sie Ute in Ruhe. Obwohl sie so ein dummes Mädchen war, lernte sie leicht und ging aufs Gymnasium. Sie fiel nicht auf, schwänzte kaum, machte regelmäßig ihre Hausaufgaben.

Viele Erinnerungen hat sie nicht an diese Zeit. Sie war mit den täglichen Pflichten als Schwester, Tochter und Schülerin beschäftigt und kam nicht dazu, Erinnerungen zu sammeln.

Pläne, Phantasien, Träume hatten nur die anderen, die Kinder in den Büchern oder die Mädchen mit den normalen Müttern. Die Mütter, die so waren wie die Mutter ihrer Klassenkameradin Maria.

Sie hatte 6 Geschwister und trotzdem lachte ihre Mutter gerne und oft und fragte Ute, ob sie lieber eine Tasse Schokolade oder eine Cola wollte. Wie ein Küken im Nest fühlte sie sich, wenn sie die Tasse mit dem heißen Kakao mit beiden Händen umfasste. Sie war 12 und gerade zur Frau geworden.

Jetzt ist sie eine Frau mit einer erwachsenen Tochter. Die immer noch in die gleiche Disco geht, um dort zu tanzen als sei es ihr Tanz des Lebens.

Sie öffnet die Augen. So viele Erinnerungen - das muss mit dem Besuch der Reporterin zusammenhängen. Ute lächelt Georgia zu, die sich am Rande der Tanzfläche mit einem Freund unterhält.

Viele Bekannte sind heute da – Ute begrüßt sie mit einem Kopfnicken. Einigen, die etwas entfernter stehen oder gerade herüber schauen, winkt sie zu. Sie belässt es bei dieser Geste.

Sie will sich ihren Bildern überlassen. Heute blättert die Erinnerung mühelos die Seiten ihres Lebens um.

Sie war 12 und gerade zur Frau geworden. Zum ersten Mal hatte sie ihre Tage bekommen und stolz ihre erste Damenbinde in ihrem Slip befestigt. Ihre Mutter hatte es ihr schon lange vor dem großen Tag erklärt. Deshalb wusste sie, was geschieht, wenn ein Mädchen zur Frau wird. Es war ein wichtiger, ein wunderbarer Tag.

Ihre Mutter freute sich mit ihr. Das war etwas Besonderes, denn die anderen Mädchen waren unglücklich und beschämt, wenn das Blut zu fließen begann. Sie kamen zu Ute, die ihnen Mut machte und anerkennend sagte:

„Eh, du wirst jetzt eine Frau."

Eine Einweihung ins Frausein – das war eines der wenigen Geschenke, die sie von ihrer Mutter bekommen hatte.

Mit 16 Jahren gab es nur noch eine Richtung: Raus.

Sie war im Arbeitskreis Diakonie und leistete in der Behindertenwerkstätte Arbeitsstunden. Dort geschah es: Sie lernte Tom kennen. Und Kasimir, seinen psychedelisch bunten VW-Bus.

Tom war 19 oder 20 Jahre alt und er führte sie in seine Pfälzer Clique ein. Dass man zerrissene Jeans und Herrenunterhemden trug, die man nicht in die Jeans stecken durfte, brachte er ihr bei. Haare statt Frisur, kiffen, alle Weinfeste besuchen und saufen. An der Liebe mussten sich alle bedienen dürfen, alles andere war spießig. Kuscheln war beliebt, in einem wirren Knäuel von Männern und Frauen erlebten sie körperliche Nähe, ohne jede sexuelle Färbung.

Mit Feuereifer ging Ute daran, sich an die neuen Regeln anzupassen.

Vollständig mit der Clique übereinzustimmen, war das wichtigste Gebot, dem sich alles andere unterzuordnen hatte, auch ihre Träume einer romantischen Liebe mit Pit, in den sie sich verliebt hatte.

Ihren Wunsch, sich schön zu machen, opferte sie ebenfalls. Nur heimlich liebäugelte sie mit der Kleidung in den Schaufenstern und Katalogen. Im Stillen dachte sie manchmal, dass sie und die anderen in der Clique nun genauso uniform aussähen wie die verhassten Spießer. Wenn sie allen Mut zusammen nahm und das laut sagte, stieß sie nicht auf Gegenliebe. Sie ließ es schnell wieder.

Natürlich gehörten Demos zum Pflichtprogramm. Alle Demos. Viele waren gewalttätig. In diesem Punkt jedoch waren ihre Grenzen klar: Wo mit körperlicher Gewalt gekämpft wurde, hielt sie sich fern.

Irgendwann zog Pit, ihr Freund, in eine richtige Kommune bei Gießen. Richtig waren Kommunen, wenn sie ihr eigenes Holz schlugen, sich selbst versorgten und Frauen und Männer sich beliebig miteinander paaren konnten. Nun hatte Ute eine Wochenendbeziehung, am Wochenende liebte Pit Ute und während der Woche sein Mädel in der WG.

Ute bemühte sich, das auszuhalten. Als es nicht mehr ging, verließ sie die Clique.

Die Musik verebbt, die Tanzfläche leert sich. Georgia steht am Rand und winkt Ute zu.

„Lass uns gehen."

Es ist 24 Uhr, in wenigen Minuten ist die Disconacht zu Ende.

„War geil heute Abend."

Ute holt Handtasche und Mantel, hakt sich bei Georgia unter. Sie gehen durch die Oppauer Nacht zu ihren Autos.

„Bist du nächsten Donnerstag da?"

„Denk schon."

Ute winkt Georgia zu, als sie losfährt. Sie knipst das Innenlicht an und schaut in den Spiegel. Müde, aber gelöst sieht sie aus. Am Spiegelrand jedoch steht das ängstliche Kind und wartet.

„Komm."

„Komm mit aufs Eis. Es hält, du wirst sehen." Die kleine Faust schließt sich um die ihre. Dann laufen beide los. Hinaus aufs Eis. Es hält. Sorglos laufen sie über die Tiefe.

Eine dicke Eisdecke. Darunter sitzt ihre Mutter. In einer Souterrainwohnung in Mannheim. Ihr Bauch wird immer dicker und sie ist unglücklich. Sie ist neu in der Stadt. Ihr Mann arbeitet den ganzen Tag. Kein Mensch kümmert sich um sie. Die Geburt, Vollnarkose, keine Schmerzen, aber danach zwar kein Bauch mehr, dafür ein kleines anstrengendes Wesen. Was will es denn noch von ihr? Das Kind hat Angst, dass das Eis einbricht. Das Eis ist dick. Andere Kinder sind auch da mit ihren Eltern. Es soll sich nicht so anstellen, das Eis bricht nicht ein.

Ute klappt den Spiegel wieder hoch. Sie kramt in der Schachtel mit den CDs. Rammstein. Supergeile Gewaltlieder. Sie starrt auf das Cover, warm und tröstlich rinnen die blutroten Buchstaben über das glänzende Papier.
Gothic? Schwarze Todessehnsucht, blutjung.
Sie legt die CD zurück. Doch lieber Mittelalter. Saltatio Mortis, düstere Lieder vom Tod, von Seefahrern, Clowns und Wanderhuren. Sie legt auch diese CD wieder weg. Sie kennt das Lied, das sie jetzt braucht, auswendig.
„Wild und frei, sperrt uns nicht ein", singt sie, schaltet höher und fährt heim.

Zu viel Sex

Als Katharina heimfuhr, hatte sie das Gefühl zu viel erfahren zu haben. Das ging ihr nicht oft so. Ein Zuviel war neu für sie. Sie war ein Mensch, der immer das Optimum an Informationen herausholte. Sie nahm ein Pfefferminzbonbon. „Sind sie zu stark, bist du zu schwach." Der Slogan gefiel ihr. Sie waren nicht zu stark. Diese Geschichte mit der ersten Liebe hätte sie nicht haben müssen.

Vielleicht wäre es das Beste, sie zu übergehen. Ihre LeserInnen wollten Spannung und Dramatik, Sex konnte dabei sein. Aber diese Geschichte war ... Ja, was eigentlich? Pornographisch?
Katharina hatte die Stadtgrenze von Ludwigshafen erreicht. Sie fuhr über die Brücke. Schon wieder eine Baustelle und Geschwindigkeitsbegrenzung. Katharina drosselte auf 70. Es war 18 Uhr und der Feierabendverkehr staute sich auf der Brücke. Sie würde noch in die Redaktion fahren. Bis 22 Uhr mussten die Berichte des Tages fertig sein. Der Abend war lau – sie rief eine Freundin an und verabredete sich für den späten Abend im Hafenstrand. Die Musik dort war gut und der Blick über das Wasser und den Hafen gefielen ihr. Die Entscheidung, wie sie mit der Fletschinger-Geschichte verfahren wollte, würde sie morgen treffen.

„Als ich 15 war, gab es den El Hombre, eigentlich Norbert, in Argentinien aufgewachsen. Wir nannten ihn Norberto. Sein Vater war deutscher Nazi, der nach Argentinien fliehen musste. Er sprach mit leicht spanischem Akzent und war ungefähr zwei Meter groß. Er war 20 und ein Bild von einem Mann, der Mann. Wir pubertierenden Weiber haben ihn alle angehimmelt, aber ich habe ihn gekriegt.
Zwar leider nur als heimlichen Liebhaber, ich durfte es nicht erzählen, denn er ging ja mit meiner Freundin Sigrun. Von Sigrun habe ich gewusst, dass sie sich überhaupt nicht hat anfassen lassen, nicht mal über dem Pulli, wir waren alle bei

St. Lioba, der katholischen jungen Gemeinde. El Hombre war ein Betreuer."

Gleich am nächsten Morgen hörte Katharina das Band noch einmal ab. Natürlich wusste sie, dass es in den 70er Jahren locker zugegangen war, dennoch waren ihr die Szenerie, die Sprache und die Umgangsformen fremd.

Betreuer, die sich aus den pubertierenden Mädchen Freundinnen und Liebhaberinnen aussuchten, bereiteten ihr Unbehagen. Eine 15-jährige, die sich mit dem Status als Geliebte schmückte. Eltern, die Nazis gewesen waren. Katharina hatte sich über die Beiläufigkeit gewundert, mit der Frau Fletschinger davon erzählte. Die Frau fühlte sich politisch in der ökologischen Bewegung zu Hause. Sie hatte jedoch auf eine Frage verzichtet.

Ihr Zorn war dennoch ungewöhnlich. Er war hart und leidenschaftlich. Katharina kannte ihn. Allerdings nicht aus dem beruflichen Bereich. Sie stellte auf Pause, griff ihren Becher mit Kaffee. Sie hatte keine Sahne im Haus und trank ihn schwarz. Schwarzbraun. Der Sohn eines Nazis. „Stop." Ihre Faust knallte in ihre linke Handfläche. Es war nichts Ungewöhnliches passiert. Er war nur ein junger Mann, gutaussehend, der eine Freundin hatte und nebenher Sex mit einer anderen. Dazu brauchte es keine Nazivergangenheit. „Doch." Die Nazis mit ihrer Frauenideologie, die Heilige, die Reinrassige, die Mutter. Da war kein Platz für die Geliebte und für Sex.

„Das allererste Mal, wo ich die Freuden der Lust kennengelernt habe, war, als Norberto mich Heim brachte. Die Eltern hatten gewünscht, dass die Betreuer die Mädchen heimbringen. Auf halbem Weg war ein Trafohäuschen, in Rohrhof. Kennen Sie die Gegend?"

Nein, Katharina war noch nicht so lange in Mannheim. Rohrhof kannte sie nicht.

„Mit einem Betreuer – ich möchte nicht zu moralisch erscheinen, aber vom heutigen Standpunkt aus ist das ein Übergriff."

„Norberto war einer von uns – dass er Betreuer war, das war doch nur eine Formalität. Das dürfen Sie nicht so eng sehen."

Frau Fletschinger war offensichtlich nicht gewillt, sich ihren Spaß an der Sache ausreden zu lassen.

„Da hat er mich ohne jede Vorwarnung dran gedrückt und mir meinen ersten richtigen Kuss gegeben. Geküsst hatte ich davor schon mal, jemandem aus dem Konfirmandenunterricht. Norbert hat unter dem T-Shirt meinen Busen gestreichelt. Zu der Zeit hatte ich noch keinen BH. Ich war sowieso hässlich mit meiner Topfschnitt-Frisur, ich war die mit dem kleinsten Busen.

Und er hat mir auch in den Schritt gelangt. Da hatte ich noch die Hose an. Ich bin feucht geworden und habe gestöhnt. Er war begeistert und hat gesagt:

‚Aus dir wird ein geiles Luder.'

Ich wusste nicht so recht, was er damit meint, aber es war offensichtlich das, was erwartet wurde. Ich war stolz, ich hatte ja nichts gespielt, es war einfach aus mir herausgekommen. Plötzlich war ich etwas Besonderes."

Diese Beschreibung hatte Katharina die Sprache verschlagen. Ein 15-jähriges Mädchen auf dem ungesicherten Weg zur Frau, ihre Entdeckung der Lust. Busen, Schritt, Streicheln, Stöhnen, feucht werden. So roh kannte Katharina Sexualität nur aus Pornofilmen.

Die Schamlosigkeit der Erzählung hatte Abwehr und Widerwillen ausgelöst, unversehens hatte sich Katharina in der Rolle der Überwältigten gesehen. Sie hatte das Gefühl einschreiten zu müssen, so als müsse sie das junge Mädchen vor einem Übergriff schützen. Frau Fletschinger jedoch machte nicht den Eindruck, dass sie Schutz gesucht hätte.

Katharina stoppte die Aufnahme. Gewöhnlich hatte sie sehr schnell einen Überblick über ein Interview, hörte nur noch an einigen Stellen kurz hinein, um ein paar aussagekräftige Zitate auszuwählen. Jetzt jedoch hatte sie kein Konzept.

Eine merkwürdige Unschlüssigkeit erfasste sie. Warum löschte sie nicht einfach die ganze Erzählung? Sie war nicht zu verwerten, warum also zögerte sie? Katharina registrierte erstaunt, dass sie die Erzählung nicht nur aus einer beruflichen Perspektive betrachtete.

Die Beschreibung empörte und faszinierte sie gleichzeitig. Sie musste sich eingestehen, dass die rohe Sexualität sie nicht unberührt ließ. Das war unangenehm. Sie wollte nicht fasziniert sein von einer Szene, in der ein Mann eine Frau beherrschte. Trotzdem, sie fühlte sich davon angezogen.

Katharina war sexuell nicht enttäuscht, sie hatte ihre Abenteuer gehabt. Sie hatte Sexualität neugierig und ohne Hemmungen gelebt. Auch in der Intimität hatte sie ihrem Drang zu erforschen, Neues zu erfahren und unbewusste Motive aufzudecken, nachgegeben.
Warum hatte sie jetzt das Gefühl, jemand hätte ihr ins Räderwerk gegriffen? Weil sie statt der Geschichte eines Opfers nun von einem Mädchen erfuhr, das seine Lust auslebte?

Der Schlüssel lag anderswo. Die Selbstverständlichkeit, mit der das Mädchen ihre untergeordnete Rolle akzeptiert hatte, empörte sie. Der Mann – war er eigentlich schon Mann? – hatte sie zu seiner Sexgespielin gemacht und mit ihrer besten Freundin lebte er in einer Beziehung! Das kannte sie – natürlich. Sie kannte die Freuden und die Leiden einer heimlichen Geliebten aus langjährigen quälenden Gesprächen mit ihrer Freundin Annette.
Der Verrat an der Freundin – war er es gewesen, der sie so empört hatte?
An diesem Punkt hatte sie nachgefragt.
„Hatten Sie keine Gewissensbisse wegen Ihrer Freundin?"
Nein, keine Gewissensbisse. Sie hatte ihrer Freundin nichts weggenommen – im Gegenteil. Vielleicht wäre er nicht bei Sigrun geblieben, wenn er nicht Sex mit ihr, Ute, gehabt hätte.
Katharinas Empörung überraschte sie selbst. Niemand hatte sich in dieser Sache schlecht gefühlt, alle waren mit der Situation, so wie sie war, zurechtgekommen. Es war ja auch nichts herausgekommen. Dass Katharina damals, als sie noch klein war, gesehen hatte, wie ihre Mutti diesen fremden Mann geküsst hatte, hatte sie auch nie erzählt. Von da an hatte sie Angst, wenn die Mutti weg war. Ihren Zorn hatte sie erst später gespürt. Sie sprach nie mit ihrer Mutter darüber.

Stattdessen wollte sie nun Frau Fletschinger schütteln.
„Die Wahrheit, die für Sie 15-jährige gegolten hat, kann doch jetzt nicht mehr für Sie gültig sein!" Katharina spürte gleichzeitig Zorn und Mitgefühl. Das Mädchen hatte im Glück geschwelgt, weil es zum ersten Mal entdeckt hatte, was es hieß, beachtet zu werden.
Der erste richtige Kuss, die Zunge des Angehimmelten im Mund. Er streichelte ihren Busen, sie trug keinen BH, wozu auch. Ihre Brüste waren kleiner als die Brüste ihrer Freundinnen. Aber jetzt waren es ihre Brüste, die von ihm liebkost wurden, nicht die ihrer Freundinnen. Ihre Brüste waren die Auserwählten! Jetzt war alles anders. Norberto packte ihre Brüste hart. Also musste es schön sein, hart angepackt zu werden. Sie wurde feucht. Sie stöhnte. Norberto auch. Alles war neu, aber sie machte es richtig. Wissen, Unwissen und Halbwissen mengten sich. Kindlicher Liebeshunger drängte in die Vagina. Traf auf überwältigende Gefühle. Lust. Die Lust entfaltete ihren Honigduft und lockte den Prinzen in Aschenputtels Arme. Norberto lobte sie. Ein geiles Luder? Das musste etwas richtig Tolles sein. Sie würde schon herausfinden, was sie machen musste, um so zu werden, wie Norberto sie haben wollte.

Katharina spürte Bitterkeit auf ihrer Zunge: So wurde ein Mädchen in ihre Rolle als Unterwürfige eingeführt.
Gleichzeitig jedoch weckte die Geschichte Gefühle, die sie nicht wollte: Lust. Sie wollte diese Lust nicht. Sie spürte sich an einem Abgrund. Er lockte. Sie schaltete das Band wieder ein.
„Das nächste halbe Jahr haben wir alles gemacht, was unter Petting läuft. Primär hat er mich gelehrt, was mir Spaß macht. Ich bin fast vergangen vor Scham, aber er hat darauf bestanden. Dass ich sagen soll, was mir Spaß macht, das war toll. Er hat mich auch damals schon an den Brüsten ganz hart angepackt. Wenn ich dann mit meinen Freundinnen am Rhein war und wir uns gewaschen haben, habe ich mich mit den Rücken zu ihnen gestellt. Und Norberto hat mir beigebracht, wie man gut bläst. Er war ein prima Lehrer."

In diesem Moment hatte ihr Aufnahmegerät rot aufgeleuchtet. Sie hatte um eine Unterbrechung gebeten und sich an dem Gerät zu schaffen gemacht. Die Pause kam ihr gelegen, ein Casting für eine Sexshow wäre einfacher gewesen. Dann lief das Gerät wieder.

„Frau Fletschinger, Ihre Offenheit überfordert mich etwas", hörte sie sich sagen und dann hastig fortfahren:

„Ich kann mir sehr gut vorstellen, dass Sie sich als Mädchen in Norberto verliebt haben. Sie entdeckten, womit Sie diesen Mann locken konnten. Plötzlich war alles einfach für Sie. Es war abenteuerlich. Norberto half Ihnen Ihre Scham zu überwinden. Er war wie ein Lehrer." Es entstand eine abwartende Pause.

„Haben Sie rückblickend nicht das Gefühl, dass diese Art, in die Sexualität eingeführt zu werden, zu grob war? Sie waren so jung, Sie wollten doch geliebt werden, geschätzt, respektiert ..." Katharina hörte ihre eigene Stimme, sie hatte einen ungewohnten, zögerlichen Klang.

„Hatten Sie nie Zweifel?"

„Es hat mir Spaß gemacht, das verstehen Sie wohl nicht."

Nein, sie verstand es nicht. Kein Junge hätte gewagt, sie anzufassen wie Norberto. Sie war eine, die lockte, keine, die sich anbot.

Ob das Mädchen je versucht hatte, ihren Freund ganz für sich zu gewinnen? Katharina wusste die Antwort: Die hässlichen Mädchen sind dazu da, das zu tun, was in den Märchen nicht erwähnt wird. Prinz und Prinzessin lieben sich bis an ihr Lebensende. Die geilen Luder aber sind die heimlichen Lustfeen, die Rebellinnen, deren Geschichte gerade erst gemacht wird.

Die Reporterin begann, die Spannung zwischen Lust und Liebe, in die das Mädchen geraten war, nachzuvollziehen.

„Wie ist die Geschichte denn ausgegangen?"

Sie erfuhr, dass die Freundschaft mit Sigrun immer fester wurde und Norberto die Beziehung mit Ute schließlich beendete.

‚Vielleicht erlaubt Sigrun ihm ja jetzt, sie anzufassen'. Die Freundin, die Ute in ihr Geheimnis eingeweiht hatte, hatte sie damit trösten wollen.

Katharina konnte sich vorstellen, wie die Freundin schaudernd mitverfolgt hatte, wie Ute vom hässlichen Entlein zur exotischen Geliebten geworden war. Offensichtlich war das Mädchen klaglos abgetreten, als ihr Geliebter sich seiner Freundin zuwendete. Sie hatte gelernt, ihr Schicksal selbst in die Hand zu nehmen. Oder in den Mund, dachte Katharina sarkastisch.

Katharina schaltete das Band ab. Die weiteren Erzählungen wollte sie nicht noch einmal anhören. Es war ausgeschlossen, sie für ihre Reportage zu verwenden. Sie musste sich entscheiden. Wenn Katharina schrieb, dann war sie überzeugt. Von allem anderen ließ sie die Finger. Bisher hatte es so funktioniert. Sie hatte keine andere Wahl, sie musste die Geschichte fallen lassen.

Sie stand auf und öffnete das Fenster. Es würde wieder ein warmer Tag werden, jetzt, kurz nach 8 Uhr, wurde die frische Nachtluft von der Morgensonne aufgeheizt. Katharina war trotz ihres Namens eine Sommerlöwin. Im August geboren, liebte sie die Hitze und die Aufheizung der Gefühle, die sie bei den Menschen auslöste.
Schon als Schulkind hatte sie bemerkt, dass in den Sommermonaten ihre Artikel für die Schülerzeitung leicht und mühelos gelangen. Später, als sie ihre Schülerdetektei gegründet hatte, erinnerte sie sich an die interessantesten Fälle immer im Zusammenhang mit Hitze und von Schweiß klebrigen Kugelschreibern.

Es widerstrebte ihr, die Geschichte so stehenzulassen. Sie sah das Leben der Frau, das von Übergriffen und Gewalt gezeichnet war. Ein Mensch, der als Baby erlebt hatte, dass man ihm das Leben nehmen wollte und eine Frau, die ihr Leben anbietet. Aus Liebe. Ihr Magen krampfte sich zusammen, wenn sie an die Sätze dachte, die Frau Fletschinger ganz nebenher fallengelassen hatte. „Er hätte mit

45

mir alles anstellen können. Bis zum Töten. Ich würde es als Akt der Hingabe sehen."

Fassungslos hatte sie geschwiegen. Frau Fletschinger hatte das gespürt und Erklärungen gegeben, die Katharina nicht erreichten.

Sado-Masochismus! Praktiken der Unterwerfung, Rituale der Überwältigung. Katharina war überzeugt davon, dass es nachgespielte Szenen waren. Diejenigen, die die Peitsche in der Hand hielten oder sich peitschen ließen, hatten sich als Kinder unter Schlägen oder Worten ducken müssen. Da war sie sicher.

Sie konnte nicht glauben, dass es ein natürlicher Ausdruck der Sexualität einer Frau sein sollte, sich als Sub in die Hand eines Doms zu geben. Sub und Dom, bei Frau Fletschinger klangen diese Worte wie die Besetzung eines gut eingespielten Teams. Für Katharina standen sie für Menschen, die Zwängen unterlagen und sich Zwängen unterwarfen, um sich frei zu fühlen.

Mit ohnmächtigem Zorn bemerkte Katharina, dass Frau Fletschinger diese Sexualität als natürlich empfand. Sie wollte die Frau schütteln: „Sehen Sie nicht, dass Sie immer noch in der Zwangsjacke Ihrer Kindheit stecken?!"

Lust war Frau Fletschingers Droge, die sie in das Hier und Jetzt katapultierte. Wo war das Mädchen, das sich ohne den Zwang der Unterordnung entdecken durfte? Das sich spielerisch ausprobierte, sich als Siegerin fühlen durfte?

Der größte Sieg, der in diesem Spiel errungen werden konnte, war es sich selbst aufzugeben, sein eigenes Leben anzubieten.

Das war zu viel. Damit konnte sie sich weder auseinandersetzen, noch wollte sie es verstehen.

Als sie auf „löschen" drückte, spürte Katharina eine Welle der Erleichterung, die das Unbehagen aufgeben zu müssen, mit sich nahm. In diesem Moment glaubte sie noch, sie könne das Thema SM ebenso folgenlos aus ihrem Leben löschen.

Ein heiliger Moment

Als Ute in das Wäldchen am See einbog, kehrte Ruhe in ihre Gedanken ein. Vogelrufe schwangen von Ast zu Ast.
Sie stieg vom Rad und lief durch das Wäldchen auf den See zu. Der Kiosk war in die Ruhe des Saisonendes eingetaucht, die orangefarbenen Kissen auf den dunklen Holzstühlen waren verstaut, die türkisenen Rollläden hinabgelassen, die weißen Masten der Zeltplanen erzählten von Sommerhitze und gekühlten Drinks. Auf einer der hölzernen Hollywoodschaukeln, die am Dach befestigt waren und über den See blickten, saß eine Frau. Ihr Hund badete.
Ein Septemberabend, warm und leuchtend. Auf der Bank neben dem Kiosk saß Eduard, den Blick auf den See gerichtet. Seine schlanke Gestalt, aristokratisch wie sein Name. Er sah edel aus, als trüge er Versace. Fein, aber nicht feminin.
Neben ihm saß eine alte Frau. Ihre pinkfarbenen Socken, die aus den Sportschuhen lugten, waren auf die Farbe ihrer Bluse abgestimmt. Die weißen Haare waren genauso frisiert, wie es Friseure bei alten Frauen machen. Der wache Blick der Frau verriet jedoch, dass sie unkonventionell und eigenwillig das Weltgeschehen beobachtete und nicht unkommentiert ließ. Sie sah aus wie eine Frau, die hundertjährig ihre Memoiren auf einem Laptop in ihrer Lieblingsfarbe verfasste.
Neben Eduard stand ein Korb. Auch aus dieser Entfernung konnte Ute erkennen, dass sie ihr Abendbrot von Porzellantellern aßen. Die alte Frau musste Eduards Mutter sein. Es war warm und sie schauten, schweigend kauend, wie die Farben der untergehenden Sonne mit dem Wasser spielten.

Würde der Kokon, in den die beiden eingesponnen waren, zerreißen, wenn sie sich zu ihnen gesellte? Der Moment war kostbar, Vertrautheit, Innehalten, Verstehen ohne Worte. Als Mutter Kind werden und als Sohn die Mutter umsorgen. Ute würde nie etwas Ähnliches erleben. Als sie 30 war, nahm sich ihre Mutter das Leben.

Eduard und seine Mutter schwiegen. Der Tag war stressig gewesen. Eduards hatte seine Mutter zu verschiedenen Ärzten begleitet. Dann waren sie noch in der orthopädischen Schuhwerkstatt gewesen. Wegen ihrer Einlagen, die ihr seit einigen Jahren das Gehen erleichterten. Sie hatte darauf bestanden, dass sie in die fein verarbeiteten Sandalen eingepasst werden.

Das wusste Ute natürlich nicht – sie fühlte das Besondere des Augenblicks. Ihr Wunsch, an dieser Harmonie teilzuhaben, siegte über ihre kurzfristige Scheu, sie ging auf die beiden zu, sprach Eduard an und begrüßte die Frau. Eduard stellte ihr seine Mutter vor. Ihre wachen Augen lächelten Ute an. In ihrem Kopf verschmolz Ute mit der Abendsonne.

„Es ist ein schöner Abend."

„Ja."

Aus ihren Gedanken gerissen, sah sie die Fremde freundlich an.

„Sie haben heute Abend das Abendessen an den See verlegt?"

„Ja." Die Antwort war knapp, Ute hörte eine tiefe Zufriedenheit, die sie glücklich machte. Auch alle anderen Fragen beantwortete sie mit diesem ‚Ja' oder einem ebensolchen ‚Nein'.

Frau Palatin war müde. Freundlichkeit gegenüber der Unbekannten zu zeigen, die offensichtlich nur flüchtig mit ihrem Sohn bekannt war, war dennoch selbstverständlich.

„90", antwortete sie, als sie nach ihrem Alter gefragt wurde. Es klang stolz wie bei einem Kind, das sagt „Ich bin schon vier."

Ute erschien es unglaublich, dass die alte Dame noch so fit war. Noch unglaublicher, dass all die Ereignisse eines Lebens nichts an dieser Ausstrahlung von Unberührtheit verändert hatten. Die Menschen im Pflegeheim, in dem sie gearbeitet hatte, waren bettlägerig oder irrten durch die Gänge auf der Suche nach ihrem Zimmer. Frau Palis verfolgte jeden Morgen mit großem Interesse die Interviews in der Reihe „Leute " von SWR 1.

Eduard griff in den Korb und nahm einen Apfel heraus. Er klappte den hölzernen Griff eines Taschenmessers aus, schnitt sorgfältig das Kerngehäuse heraus und teilte ihn in Spalten, von denen er seiner Mutter und Ute anbot. Sie aßen schweigend, Ute genoss andächtig, wie beim Kauen der Saft heraus gepresst wurde. Der Apfel war köstlich. Alles, was nicht Apfel war, verschwand in diesem Moment aus ihrer Wahrnehmung.

„Ich will dich nicht aufhalten."

Ute erhob sich langsam, schüttelte der alten Frau die Hand und bedankte sich bei Eduard für den Apfel. Sie holte ihr Fahrrad und lief den Rest des Weges.

Die Bucht lag im Schatten. Ein kleiner Platz wurde gerade noch von der Sonne beschienen. Während Utes Blick ihrer leuchtenden Spur auf dem Wasser folgte, breitete sich eine ungewohnte Friedlichkeit in ihr aus. Ein Gefühl durchströmte sie, das sie erst einige Jahre später mit einem Wort zu fassen wagte: heilig.

Die Sonne sank und nahm das Bild von Eduard, seiner Mutter, Ute und der Bank am Seeufer mit auf die andere Seite.

Ute blieb noch. Sie liebte diesen Platz. Er war ihr Zufluchtsort, einer von ihnen. Ein Badesee, ein kleiner Strand, ein Kiosk. Oft, wenn sie am See war, gab es Momente, in denen sich die Zeit ausdehnte und die Welt an den Rand rückte. Was dann geschah, war zeitlos. So wie die Begegnung mit Eduard und seiner Mutter.

Ute hatte ihre Mutter nicht als alte Frau erleben dürfen. Wahrscheinlich wäre es auch nie zu einer derartigen Begegnung gekommen. Nicht im wirklichen Leben. Die Krankheit hatte ihr Leben zu einem Labyrinth gemacht, in dem jede ihren Weg allein gesucht hatte.

Dennoch waren sie sich in der Zeit- und Raumlosigkeit einer Vision einmal begegnet.

„Warum, Mama?"

Die Antwort hatte sie mit dem Geschehen versöhnt. Für andere blieb es die Tat einer psychisch Kranken.

Die kristallene Dämmerung löste sich in der herannahenden Nacht auf. Ute beschloss heimzugehen, bevor die Dunkelheit den vertrauten Ort erreicht hatte.

Lust oder Liebe?

Ute strich zärtlich über das Cover des Buches. Das erste Buch ihrer langjährigen Freundin Antje. Ein BDSM-Krimi. Sie blätterte ein wenig in dem Buch, das Antje ihr geschenkt hatte. Las einzelne Abschnitte. Erinnerungen stiegen in ihr auf. Alles war ihr noch so vertraut, die kunstvollen Fesselungen, der Meister, die Strumpfmasken und Pinkelspiele.
Die Erinnerung an ihren Meister erfüllte sie mit dem Gefühl der zärtlichen Verbundenheit – Don Rolf. Ein halbes Jahr lang ging sie zu ihm. Ganz langsam umwand er sie mit seinen Fesseln. So behutsam, dass die Angst ihr zur Freundin wurde. Die Fesselangstlust liebkoste und lockte, sie verwandelte alle Bedenken in Begehren.

Der Meister verrichtete seine Arbeit mit konzentrierter Kunstfertigkeit: eine unkontrollierte Bewegung und Panik könnte sein Kunstwerk zerstören. Die Unterwerfung eines Menschen erforderte völlige Hingabe. Das bedingungslose Vertrauen des Menschen, der zur Unterwerfung bereit war, musste der Meister sich mit Achtsamkeit und Intuition erwerben. Die Lust musste er sorgsam vorbereiten, hinauszögern, wieder anfachen, ermutigen.
Den Widerstand machte er zum Verbündeten: Er beschimpfte ihn, zügelte ihn, verwies ihn auf seinen Platz als Diener der Lust. Schmerz spannte die Sinne, bis jede Berührung zu schwingen begann. Wenn es gelang, entlud sich die Lust in schreiendem Triumph. Macht und Ohnmacht vereinigten sich, Schmerz und Lust in vollkommener Harmonie gepaart: ein überwältigender Sieg.

Wehmütig legte Ute das Buch zur Seite. Sie erinnerte sich gerne. Der Lust-Schmerz hatte sie befreit. Er war bis in ihre verborgensten Winkel gedrungen und hatte alles mitgerissen: Ängste, Scham, Widerstand, Sorgen, Süchte, Zweifel, Misstrauen. In der sorgfältig inszenierten Lust hatte alles seinen Platz. Der kunstvolle Rahmen und die Regeln des

Spiels gaben ihr für einige Stunden das Gefühl von völliger Geborgenheit und Vertrauen.

Ute hatte beim Erzählen bemerkt, dass die Reporterin überfordert war, aber sie war es gewohnt, darauf keine Rücksicht zu nehmen. Die Menschen, die mit ihr in Kontakt waren, mussten auch ihre Intimität akzeptieren.

Sie ging auch mit Martin zu SM Parties, aber mit ihm verband sie etwas, das sich wie eine Insel anfühlte, die mitten im Alltag auftauchte, ein Polster, das Behaglichkeit in ihr Leben brachte, ein Kraftplatz, an dem sie tankte. Sie war glücklich, wenn sie ein Essen für ihn kochte, das er gerne mochte. Sie war glücklich, wenn er nach Hause kam. Sie war glücklich, dass es auch umgekehrt so war. Mit Martin war Sex meist unaufregend, aber vertraut und regelmäßig. Gelegentlich gestatteten sie sich Besuche in Swingerclubs oder nahmen an „Spielen" teil.

Sie hatten klare Vereinbarungen, was sie sich gestatteten und was nicht. Zum ersten Mal konnte sie sich vorstellen, mit einem Menschen alt zu werden. Es war ein Gefühl, das die Angst ersetzte.

Die Jahre des Getriebenseins waren zu Ende. Sie war nicht unglücklich gewesen in diesen Jahren. Sie hatte sich früh entschlossen, das Unglück hinter sich zu lassen. Jeden Neubeginn hatte sie hoffnungsvoll ausgekostet. Jeder neue Mann, dem sie in leidenschaftlicher Intimität begegnete, hatte ihr orgiastische Glücksmomente geschenkt. Sie bereute nur wenig.

Außer der Reise nach Marokko. Eine Trotzreaktion. Ihre Eltern hatten ihr verboten, mit ihrer Clique nach Griechenland zu reisen. Ein halbes Jahr später wurde sie 18. Das Ende aller Verbote. Pit und sie beschlossen, gemeinsam nach Marokko zu trampen. Pit, der sie liebte, mit dem sie reden konnte, der gemeinsam mit ihr in der Clique war, mit dem sie schlief. Ihr erster! Die Älteren in ihrem Freundeskreis warnten sie. Erzählten Geschichten von Ehefrauen, die verschwanden. Die Warnungen jedoch versprachen Abenteuer. Sie vereinbarten strenge Vorsichtsmaßnahmen. Mit diesem Schutzschild gerüstet gingen sie auf die Reise.

Pit und sie waren ein gutes Team. In den zwei Jahren, die sie zusammen waren, hatten sie alle Pettingfreuden ausgekostet, bis Ute plötzlich das Gefühl hatte: Der Moment ist gekommen. Schluss mit dem Herumspielen. Das war wenige Monate vor der Reise gewesen. Jetzt wollte sie richtig Frau sein. Als es geschehen war, fühlte sie sich stolz. Die Wildheit, die Zärtlichkeit, die Hingabe, die beide spürten: Das Schicksal hatte für sie ein schönes erstes Mal bereitgehalten.

Ihre Initiation katapultierte sie in einen Sextaumel, Sex mit Pit, überall und zu jeder Zeit. Nicht nur mit ihm. Mit der Treue war es aus. Gott sei Dank machte das nichts, denn die sexuelle Befreiung wurde durch Partnerwechsel ungeheuer beschleunigt. Das war Konsens. Zwischen Pit und ihr, in der Clique und bei allen, die keine Spießbürger waren.

Sie waren am Strand einer marokkanischen Stadt. Larbi gesellte sich zu ihnen, ein sympathischer, gut aussehender Marokkaner. Er sprach Deutsch und erzählte von seiner Arbeit in Deutschland. Es war Ramadan und Larbi erklärte ihnen die Fremde. Die Marokkaner treffen sich in der Ramadan-Nacht in Cafés und Wohnungen, essen Ramadan-Suppe. Natürlich nutzten Pit und Ute die Chance, unter Larbis Schutz die Medina zu durchstreifen. Frei, sicher und high. Gekifft wurde nämlich auch, Larbi wurde ein wenig seltsam, er sprach viel vom Teufel. Das war unangenehm und das Zeichen, heimzugehen.

Sie gingen zu ihm, er hatte zwei Betten an gegenüberliegenden Wänden. Larbi bot ihnen die Betten an und baute sein Lager am Boden neben Utes Bett auf. Pit protestierte und legte sich neben Ute auf den Boden. Ute war gerade dabei einzuschlafen, als sie Pits Schrei hörte. Sie sprang auf, machte Licht. Larbi stand im Zimmer, nackt, mit einem Gürtel in der Hand. Pit saß aufrecht auf seiner Isomatte, fassungslos.

„Er hat mich mit einem Gürtel gewürgt. Er wollte mich ficken." Larbi, ohne jedes Schuldbewusstsein, behauptete, Pit habe geträumt.

Sie waren mitten in der Medina, einem Gewinkel von Gassen und Sackgassen voller marokkanischer Männer, die keine

52

Touristen und schon gar keine Touristin unter sich duldeten.
Bei offenen Türen waren sie gefangen. Aber der Anschlag auf
Pit war abgewehrt. Das würde Larbi eine Warnung sein. Sie
legten sich wieder schlafen.

Was dann geschah, war ein tonloser Film in einem leeren
Kinosaal. Niemand sah ihn, niemand entsetzte sich. Er lief bis
zu Ende, das Licht ging an, die Türen öffneten sich, der
nächste Film begann.
Die Gefühle, die zu den Bildern gehörten, kamen erst drei
Jahre später im realitätsgeschützten Rahmen einiger
Therapiestunden.

Larbi drückte Ute auf das Bett	
Ute ruft nach Pit	
Pit antwortet nicht	Entsetzen, Hoffen, Nichtverstehen
Ute ruft lauter – Pit antwortet nicht	
Pit, lebst du noch?	Fassungslos Spekulationen, schiere Angst
Pit antwortet	Erleichterung, Dankbarkeit, Liebe
Warum tust du nichts, Pit?	Panik
Pit, er will mich vergewaltigen!	
Wo bleibst du denn du Arschloch?	Wut Auflehnung
Pit antwortet nicht	
Pit antwortet nicht	
Pit antwortet nicht	Wuthass, Ohnmachts- Enttäuschung Liebesentsetzen, Weltverlust
	Weiterreden- Lebenatmen Überleben Gefühle ausgeschaltet
Nimm den Gürtel Pit	eisklarer Lebenswille

Pit weigert sich	Dreckswut
Soll ich das Messer nehmen, Ute?	Nein, er ist stärker als du.
Pit und Ute diskutieren Larbi vergewaltigt Ute Larbi zieht seine Hosen an.	Wahnsinn

Pit und Ute packen ihn, schimpfend, fordern ihn auf, sie an die Straße zu bringen.

Ich habe meine Tage, du Dreckskerl!
Du hast mir den Tampon in den Leib gerammt!
Vergeltungsversuch, Schamübersprung
Larbi tut es noch einmal. Es soll ihr Spaß machen.
Ute lässt es geschehen
Pit lässt es geschehen
Gefühlstod

Am Morgen bringt der Marokkaner sie zur Ausfallstraße, gibt ihnen Ratschläge. Es ist nichts geschehen, was sein Gewissen belastet. Zwei Touristen, die eine unangenehme Nacht verbracht haben, eine Deutsche, die keinen Spaß beim Sex hatte.

So viele Erinnerungen. Seit den Therapiestunden hatte sie nicht mehr an die Vergewaltigung gedacht. Im Interview jedoch hatte sie sie erwähnt. Was hatte sie da gesagt? „Vielleicht hätte ich die Signale erkannt?" Der Augenblick, als sie Larbi mit dem Gürtel in der Hand sah. Da hätte sie es wissen müssen. Sie war in Todesgefahr. Das war kein Spiel. Sie hatte das Zeichen nicht wahrgenommen. Larbi wollte töten und sie schlief einfach weiter.

Schock, Todesangst? Oder Flashback? Baby. Mutter. Messer. Blut. Hatte eine Erinnerung ihre Wahr-Nehmung gelähmt? War sie erstarrt – wie das Baby? Hätte sie ohne diese Blockierung die Gefährlichkeit der Situation erkannt?

In diesem Moment wurde ihr klar, dass sie Handlungsmöglichkeiten gehabt hätte, wenn ihre Wahrnehmung gesund gewesen wäre. Wach zu bleiben, so hätte sie möglicherweise die Vergewaltigung verhindern können.
Sie war froh, dass dieser Gedanke ihr nicht früher gekommen war. Sie hätte es nicht verstanden, warum sie die Gefahr so offensichtlich ignoriert hatte. Sie hätte sich Vorwürfe gemacht, sich die Schuld gegeben.
Jetzt, wo sie die Zusammenhänge erkennen konnte, hatte sie die Erklärung für ihr irrationales Handeln. Jetzt verstand sie endlich die Frage von Frau Wintergrün. „Welche Auswirkungen hat das Gewalterlebnis auf Ihr Leben gehabt?"

Larbi hatte sie an den Straßenrand gefahren. In absurder Normalität. Pit und sie hatten Autostopp gemacht und ließen sich von dem nächsten Pärchen, das anhielt, in eine Jugendherberge fahren. Ute duschte. Das Wasser lief in einem dünnen Strahl über ihren Körper. Sie nahm die Seife und schrubbte sich den Ekel von der Haut.
Sie trocknete sich ab und beschloss, dass das reichen musste. Sie wollte die Reise fortsetzen, sie wollte Sex mit Pit, sie wollte Pit. Den Pit, den sie vor dieser Nacht geliebt hatte. Sie ließ den feigen, verängstigten, ohnmächtigen Pit der Nacht in der Medina. In der WG, daheim, wurde er zur Rede gestellt, aufs schärfste verurteilt.

Ute ging in die Küche und machte einen Latte. „Immer vorwärts!" Das war ihr Lebensrezept. Seit dem Besuch der Reporterin funktionierte es nicht wie gewohnt. Ereignisse in ihrem Leben wurden in ein neues Licht gerückt. In manchen Bereichen war das gut und heilsam.
Was ihre Sexualität anging, wollte Ute keine neuen Erkenntnisse. Ganz bestimmt wollte sie nicht über ihre Sexualität nachdenken. Sie lebte sie. Sie genoss sie. Das sollte so bleiben.
Sie setzte sich auf den Stuhl, der zum Fenster hinaus über den Balkon auf den Platz schaute. Zu dieser Tageszeit war der Platz leer. Die Geschäfte des Einkaufszentrums in Neuhofen waren in der Mittagszeit nur wenig besucht. Die

Kinder waren in der Schule, die Mütter kochten Mittagessen. Ute trank den cremig-braunen Latte in kleinen Schlucken. Er würde die winzige Müdigkeit vertreiben, die die Erinnerungsbilder in ihr ausgelöst hatten. Sie gönnte sich keine Traurigkeit, die sinnlos Lebenszeit raubte.

Es war damals richtig, alles auszublenden. Mit Pit weiterzuleben, als sei nichts geschehen. Sie hätte es nicht verkraftet, ihn zu verlieren.
Drei Jahre später, als sie sich schon von Pit getrennt hatte, in der letzten Stunde ihrer Therapie, ließ eine Intuition sie die Vergewaltigung erwähnen. Da war noch etwas, was gesehen werden wollte. Die Wut, die maßlose Enttäuschung, die Verzweiflung, die sich der Gewalt untergeordnet hatte, wollten ausgedrückt werden. Fünf Sitzungen wurden ihr zusätzlich zugestanden. Genug, um alles zu verarbeiten.
Sie hoffte, dass wenigstens SM nichts mit ihren Gewalterfahrungen zu tun hatte. Sie griff zum Telefonhörer, wählte die Nummer ihrer Freundin Antje und verabredete sich. Sie würde alles mit ihr besprechen. Ute war keine Person, die grübelte.

Jahrtausendwende

Die Jahrtausendwende, die überall auf der Welt mit Ängsten und Hoffnungen erwartet wurde, verbrachte Ute in Gesellschaft ihrer Tochter, einer Freundin und zwei Hunden. Diese Jahreswende in aller Ruhe zu feiern, erschien ihr stimmig. Es zog sie an keinen der spektakulären Orte, die andere zu dieser Gelegenheit gewählt hatten. Sie verrichtete Dienst in der Redaktion des SWR 4. Die Redaktion musste die ganze Nacht besetzt sein. Es wurden unvorhersehbare Ereignisse befürchtet, besonders in der BASF.

Als die Raketen in den Himmel stiegen, die Glocken zu läuten begannen und in aller Welt das Hereinbrechen des vorhergesagten Chaos erwartetet wurde, stießen die drei Frauen an und beruhigten die Hunde.

Es gab nichts zu tun. Die Nachrichten von Computerabstürzen mit unübersehbaren Folgen blieben aus.

Dieses neue Jahrtausend war für Ute der Beginn einer Neugeburt: Sie hatte die Scheidung von ihrem zweiten Ehemann Friedy eingereicht. Sie war dabei, sich aus dieser Beziehung zu befreien, die sie in Abhängigkeit, Demütigung und in die finanzielle Katastrophe gestürzt hatte. Als sie Friedy das Ja-Wort gegeben hatte, hielten die Hoffnungen noch ein Jahr.

Dann verschwand der Friedy, der ihren Namen angenommen hatte, um ihr zu beweisen, wie sehr er auf ihrer Seite stand. Anstelle des Mannes, der das Kind zum Hort brachte, der seine Familie unterstützte und zu ihrem Unterhalt beitrug, erschien einer, der alle Ereignisse, Beziehungen und sogar ihre Gedanken unter seine Kontrolle bringen wollte. Zwanghaft beobachtete er Ute und wertete alles, was sie tat, dachte oder plante.

Sie wurde stiller, vorsichtiger, machte sich fast unsichtbar, damit er keine Fehler finden konnte. Die Welt sollte nach seinem Willen funktionieren, aber niemand außer ihm kannte die Regeln. Deshalb machte sie immer etwas falsch. Die Unberechenbarkeit war das Schlimmste. Ein und dasselbe Verhalten konnte o.k. sein oder den Anlass zu Erniedrigungen und Niederbrüllen bieten.

In der mit ökologischen Materialien renovierten Wohnung zersetzten sich Utes Hoffnungen auf ein Familienleben. Mirka und sie verständigten sich, indem sie sich auf Zetteln heimlich Nachrichten zuschoben. Das machte ihnen Spaß – es war befreiend, ihn zu hintergehen und gelegentlich Spott über ihn auszuschütten.

Friedy verlor immer wieder seine Arbeit. Was immer er als Grund angab: Ute glaubte ihm und war auf seiner Seite. Das Geld wurde knapp, Ute hungerte, um wenigstens ihrer Tochter eine Mahlzeit am Tag zu ermöglichen.

Als Geld aus Mirkas Spardose verschwand, suchte sie im Kinderladen nach dem Schuldigen. Sie arbeitete, aber das Geld reichte nicht. Sie nahmen einen Kredit auf und als sie ihn nicht mehr abbezahlen konnten, gingen sie zu einer anderen Bank. Und schließlich fing sie an, von FreundInnen Geld zu leihen.

Am Schluss ihrer Ehe hatte sie 6 Jobs bzw. Arbeitsstellen: als Pfarramtssekretärin, als Redaktionsassistentin bei SWR 4, Tagesmutter von zwei Kindern, sie sittete Hunde, jeden Abend um 22 Uhr brachte sie einen Rollstuhlfahrer ins Bett. Als es immer noch nicht reichte, übernahm sie im Pfarramt noch einen Putzjob.

Sie hatte ständig Hunger und war am Ende. Aber sie hielt an ihrer Ehe fest, mehr als sich selbst musste sie das Bild retten, das ein kleines Mädchen sich von seiner zukünftigen Familie gemacht hatte.

Wie war sie in diese Abhängigkeitsfalle geraten? Sie sah sich als eine selbstbestimmte Frau, die mit beiden Beinen im Leben stand. Sie war Feministin, war immer berufstätig gewesen, hatte die Probleme einer allein Erziehenden bewältigt.

Sie hatte versagt, als sie sich Friedy gegenüber nicht zur Wehr zu setzte. Sie war selber schuld, also hielt sie aus.

Dann gab eine Freundin ihr das Buch.
„Du machst mich noch verrückt". Sie erinnerte sich genau an seinen Titel.
Sie las und erfuhr, dass eine Stationsärztin zu Hause genau die gleiche Hölle hatte wie sie. Eine Ärztin, der sich Menschen anvertrauten, war zu Hause ein Nichts, das sich völlig den niederträchtigen Wünschen eines Mannes unterwarf.
Ute war nicht mehr die einzige Frau, die ihre Würde an einen Mann abgetreten hatte.
Sie las das Buch heimlich, es war immer in ihrem Rucksack, zwischendurch, wenn sie 5 Minuten unbeobachtet war, holte sie es hervor und verschlang ein paar Zeilen, eine Süchtige, die ihren Stoff brauchte.
Seine Wirkung entfaltete sich. Sie spürte ihre Angst und wusste, dass sie in der Hölle war. Sie war erstarrt, hatte keine Vorstellung mehr von einem normalen Leben.

Im November 1999 reichte sie die Scheidung ein, im Dezember zog er zu einer anderen Frau, wie Ute eine Sozialpädagogin, alleinerziehend, mit einer Tochter. Die Neue wohnte praktischerweise im Nebenhaus.
Die Scheidung war 2 1/2 Jahre später. Die Scheidungspost konnte nicht zugestellt werden, weil er ohne festen Wohnsitz war. Nun hatte er wieder eine feste Adresse – er saß wegen Scheckbetrugs im Gefängnis.

Zur Scheidung erschien er mit seiner Frau, die sein Baby im Arm trug.
Damals war sie froh, dass sie während ihrer Ehe keine 2000 Mark übrig gehabt hatte. So viel hätte es gekostet, die Sterilisation rückgängig zu machen, zu der sich Ute nach der Trennung von Mirkas Vater entschlossen hatte. Sie wollte kein zweites Kind von einem zweiten Vater.

Danach hatte sie alle ihre Kräfte in einen neuen Lebensentwurf investiert. Der erste Schritt war die Einsicht, dass sie Hilfe brauchte. Sie wandte sich an ihre alten Freunde und Freundinnen.
In einem Dankesbrief bedankte sie sich bei allen, die ihr beigestanden hatten, indem sie das Kind hüteten, anboten,

Friedy zusammenzuschlagen, sie mit Fresspaketen versorgten. Alle waren wieder da, als hätten sie nur darauf gewartet. Alles, was sie brauchte, kam, Schritt für Schritt. Der eine hatte seine Diplomarbeit über Schuldnerberatung geschrieben. In zwei tränenreichen Tagen in der Gartengemeinschaft ordnete sie Kontoauszüge, Mahnungen und Inkassopost. Sie kam auf 11 Gläubiger, denen sie insgesamt 70000 DM schuldete, und ein nicht abbezahltes Auto.

Friedy hatte nur einmal Geld nach Hause gebracht. 1200 Mark waren es gewesen. Er hatte das restliche Geld für Koks ausgegeben, das wurde ihr erst nach der Trennung klar.

Ute schrieb alle ihre Gläubiger an und stellte ihnen dar, wie die Schulden entstanden waren.

„Im Gespräch bleiben, Kontakt halten", hatte Thomas ihr geraten. Sie erklärte sich. Immer und überall. In die kleinen Geschäfte ging sie persönlich. Sie erzählte die Geschichte ihrer Beziehung und verschwieg nichts.

„Ich bin zahlungswillig, aber nicht zahlungsfähig", lautete die rechtlich korrekte Formel.

Bei den kleinen Geschäften machte sie gute Erfahrungen. Sie konnten ihr die Schulden nicht erlassen, aber sie grüßten wieder, wenn sie am Laden vorbeilief und winkte. Seit Mai 2009 war sie restschuldenbefreit. Alle ihre Schulden waren getilgt, nachdem sie 7 Jahre lang über jeden Cent hatte Rechenschaft ablegen müssen. 3 Jahre war sie noch bei der Schufa gemeldet. Im Juni 2012 war auch das vorbei.

Fast zeitgleich fing sie an, meditieren zu lernen, um zur Ruhe zu kommen. Außerdem ging sie ins Boxtraining im Verein 1886 in Mannheim. Sie wurde oft nach dieser ungewöhnlichen Kombination gefragt.

„Boxen hat keinen ideologischen Überbau", erklärte sie dann. „Es gibt Standbein, Schlag- und Führhand. Nicht mehr. Keine chinesischen Namen, keine weiteren Erklärungen. 3 Minuten Kämpfen, eine Minute Pause."

Boxen kanalisierte ihren Bewegungsdrang und ihre Aggression.

Sie ging ins Männertraining. Das Männertraining war härter. Mit Männerkleidung und einem Sport BH, der ihren kleinen

Busen noch kleiner machte, machte sie sich als Frau unkenntlich. Es sollte nur um den Sport gehen.

Der Trainer war hart und oft ungerecht. Ute ignorierte das. Sie erlag nie der Versuchung, Probleme unter den Männern schlichten zu wollen. Als sie Sparring machen wollte, war die Reaktion ernüchternd.

„Weißt du, dein Problem ist, hier kämpft keiner gegen eine Frau."

Sie machte trotzdem weiter. Sie verdiente sich die Achtung der Männer und die des Trainers. Sie wunderten sich, dass sie das Training durchhielt. Mehr noch zählte die Achtung für sich selbst. Sie konnte ihrer Wahrnehmung wieder trauen. Das war das Wunder.

Sie trainierte ein gutes Jahr. Dann wurde es zu schwierig, Job, Hort, Kind und Training zu vereinbaren. Als sie aufhörte, war sie dennoch wie Phoenix aus der Asche auferstanden.

Meditieren war schwieriger. Sie wollte unbedingt eine halbe Stunde regungslos sitzen können und schöne Bilder sehen, wie die anderen auch. Wenn sie überhaupt etwas sah, war es die Farbe Grau und die Bilder kamen zögerlich. Aber die Tränen, die sie nicht gewagt hatte zu weinen, weil sie nicht depressiv sein wollte wie ihre Mutter, brachen aus ihr heraus. Ein Jahr lang weinte sie, immer, wenn sie nicht beobachtet wurde. Später nannte sie diese Zeit das Tal der Tränen.

Es war eine gute Zeit. Ihr spiritueller Weg begann. Sie kam immer mehr zu sich selbst und zu der Gewissheit, Teil eines großen Ganzen zu sein, ungeachtet dessen, was man erlebt hatte bzw. lebte. Sie bekam eine Vorstellung davon, was es heißt, in sich selbst zu ruhen. Sie war weniger abhängig von den Menschen und äußeren Ereignissen, verlor die Angst davor, kritisiert zu werden. Fehler waren Teil ihres Lernprozesses.

Sie erfuhr, dass Alleinsein eine Qualität sein konnte. Sie fühlte sich reich nur mit den Pflanzen, Bienen, Vögeln, Papageien in ihrem Garten. Diese Gefühle waren neu. Sie brauchte nicht mehr ständig die Bestätigung, toll zu sein, machte nicht mehr den Versuch, dem Rest der Welt zu gefallen. Die ersten Schritte auf dem Weg zu einem gesunden Egoismus.

Irgendwann gegen Ende 2000 fing sie an, Kontaktanzeigen zu schreiben oder zu beantworten. Ihre Dates gingen immer mit dem gleichen Ergebnis aus:

„Will ich nicht."

Massiv viele Dates. Aber sie war endlich in der Lage, gleich zu erkennen, was sie nicht wollte. Ihr großer Bekanntenkreis nahm an allem Anteil, sie war ja immer eine „öffentliche Person."

Sie hatte bald einen neuen Lover, das war wichtig, denn Lücken in der sexuellen Versorgung waren immer noch existenzbedrohend. Immer noch war Sex ja das einzige, was sie glaubte, wirklich gut zu können. Nach einem Wochenende ohne Sex war sie die ganze Woche schlecht gelaunt.

Sie machte eine Therapie. Sie wollte sehen, warum sie immer Partner hatte, die kein Geld hatten und emotional unterentwickelt waren. Sie wollte nie wieder in ein Abhängigkeitsverhältnis geraten. Sie lernte, die Katastrophe ihrer Beziehung zu Friedy als Hilferuf ihrer Seele zu akzeptieren. Erst in der totalen Abhängigkeit hatte sie die Chance, ihre Sehnsucht nach sich selbst zu entdecken.

Jetzt wollte sie einen Mann, der ihr gleichwertig war. Dazu waren drei oder vier Therapie-Sitzungen nötig, in denen sie ihr altes Männerbild in ein imaginäres Archiv stellte. Und dann geschah etwas Unglaubliches.

Sie nahm plötzlich ganz andere Männer wahr. Männer in ihrem Alter, die sie früher nicht gesehen hatte. Sie flirtete gnadenlos. So kam Martin in ihr Leben, er war kurzhaarig, dick und sprach schwäbisch. Es war 2004. Das Warten, die Erfahrung, die Therapie, das Einschlagen des spirituellen Weges, all das hatte sich gelohnt, fand sein Ziel in der damals sich anbahnenden Beziehung zu Martin.

2000 war nicht nur eine Jahrhundertwende, sondern auch eine Lebenswende in Utes Kosmos.

Adria

Ute wachte auf. Sie war schon wieder dabei zu grübeln. Das kannte sie nicht. „Und heute rufe ich die Frau Wintergrün an", dachte sie entschlossen. Das hatte sie schon öfter gedacht, aber immer kam irgendetwas dazwischen. Das Interview hatte sie aufgewühlt. In ihrem Leben waren Fragezeichen aufgetaucht, nachts suchten sie seltsame Träume heim. Sie hatte Termine bei ihren Beraterinnen ausgemacht, hatte versucht aufzuarbeiten, was durch die Fragen der Reporterin ans Licht gekommen war. Die Reporterin war in ihr Leben geplatzt. Und was war daraus geworden?

„Die Kindbettpsychose ist medikamentös und therapeutisch gut erforscht. Obwohl sie immer noch eine schwere Belastung für die Mutter und das Baby ist, können heute extreme Handlungen wie Verletzungen oder gar Tötungen des Neugeborenen so gut wie sicher ausgeschlossen werden. Der letzte bekannte Fall einer versuchten Kindstötung in Mannheim liegt Jahrzehnte zurück."
Ute stand entschlossen auf. So ging's nicht! Sie hatte in ihr Innerstes schauen lassen und das alles war zu einem läppischen Satz in einem Artikel geschrumpft! Sie würde der Reporterin deutlich machen, was sie von ihren Fragen und ihrem Mitgefühl hielt.
Sie stürmte ins Bad, schrubbte den Nachtgeschmack von ihren Zähnen und duschte. Beim Anziehen formulierte sie zornige Sätze, die mit „Was glauben Sie eigentlich ...?" oder „Sie können doch nicht ...!" anfingen. Der sahnige Kaffee stimmte sie milder. Sie würde verbindlich sein. Menschen mit Freundlichkeit zu ködern, war ihr vertraut. In ihrem Beruf war das manchmal nötig.

Schreckliche Kindheit, armes Opfer. Sie hatte sich nie so gesehen. Sie musste das richtigstellen. Außerdem hatte sich seit dem Gespräch so viel verändert. Die Reporterin sollte das wissen. Es war verdammt noch mal nicht einfach gewesen, das zu verdauen.

Das Gespräch mit Antje zum Beispiel. Ute wusste, dass sich Antje viel theoretisches Wissen über SM angeeignet hatte, deswegen hatte sie Antje gefragt. Sie war die geeignete Person für ihre Frage nach einem Zusammenhang von früheren Gewalterfahrungen und der Neigung zu SM.

Antje hatte durch Utes Erzählungen angefangen, sich für SM zu interessieren. Sie hatte Ute zugehört, wenn sie von Don Rolf und ihren Erfahrungen gesprochen hatte. Neugierig geworden hatte sie fast ein Jahr zu diesem Thema im Internet recherchiert. Dabei war ihr klar geworden, dass sie sich auch praktisch von SM angezogen fühlte, und sie hatte ihre eigenen ersten Kontakte mit Doms geknüpft.

Sie bestätigte Ute, dass circa ein Drittel der Praktizierenden in der SM Szene Gewalt erfahren hatte. Für Ute war diese Antwort ein Faustschlag, den sie nicht herbeigesehnt hatte.

Zu wissen, dass ihr SM-Leben mit ihren eigenen Gewalterfahrungen zu tun hatte, war ernüchternd, eine Entmystifizierung, die eine Leere in ihr zurückließ. Sie füllte sie mit Zorn auf die Reporterin. Bis ihr klar wurde, dass SM zu ihr gehörte, unabhängig davon, wie es dazu gekommen war.

Ute tippte Katharinas Nummer ein. Freizeichen. Dann der Anrufbeantworter. Das war ihr recht. So hatte die Reporterin Zeit, sich die Sache durch den Kopf gehen zu lassen. Ute hatte sich für diesen Fall ihre Worte überlegt. Als sie wieder auflegte, war sie mit sich zufrieden. Sie hatte ihr Anliegen gut und verbindlich formuliert. Jetzt lag es an der Reporterin, auf ihre Bitte einzugehen oder sie abzulehnen.

Als am nächsten Morgen ihr Handy klingelte, sah sie auf dem Display die Nummer der Reporterin. Sie war kurz angebunden. Sie sei dazu bereit, sich noch einmal mit ihr zu treffen. Sie schlug das Café Journal vor. Ute entfuhr ein „Auf gar keinen Fall!"

Das Journal am Marktplatz kannte sie zu gut. Da schoben Junkiefrauen ihre Kinderwagen vor sich her mit Kindern, die riesige süße Teilchen in sich hinein schlangen. Nichtsesshafte schlichen um die halb leeren Teller und warteten, ob etwas übrigblieb. Wahrscheinlich hatte die Reporterin das noch nie wahrgenommen. Viele nahmen das nicht wahr.

Es sei ihr dort etwas zu hektisch, sie fände das Adria besser geeignet. Es sei auch billiger. Die Reporterin wusste die besondere Atmosphäre des Adria sicher nicht zu schätzen.

Ute ging ins Adria, seitdem sie 16 war. Es war der Inbegriff einer Oase für sie. Für Außenstehende war das unverständlich, denn der Verkehr floss in einem unablässigen Strom an dem kleinen Platz vor der Pizzeria vorbei.

Mit 16 war es die Kneipe in der Neckarstadt, wo man sowohl Bier trinken als auch Spaghetti, Pizza oder Eis essen konnte. Es gab Abendsonne und für das italienische Flair sorgten die Kellner, die sich in gebrochenem Deutsch verständigten. Bei der Parkplatzsuche hupte man an der Ampel und die Sitzenden winkten einem zu.

Es gab schon immer einen kleinen eingezäunten Platz. Man konnte die Kinder über den Zaun heben, und dann war da Spielgelände ohne Hundekacke und Verkehr. Man traf andere Mütter, Musiker, interessante Leute, Lebenskünstler und ewig Gestrige, aber immer Bekannte oder Vertraute.

Der eingezäunte Platz war jetzt mit ordentlichem Rasen bewachsen und mit Plastiktischen und Stühlen ausgestattet worden. Es gab immer noch die Spaghetti Milanese, Utes Lieblingsessen im Adria.

Die Reporterin willigte ein, sie wollte keine weiteren Diskussionen. Sie vereinbarten die Zeit, wobei die Reporterin auf ihren darauf folgenden Termin verwies. Aha, sie wollte eine zeitliche Begrenzung. Ute hatte nichts dagegen.

„Toll, dass Sie gekommen sind." Ute begrüßte Katharina überschwänglich.

Die Reporterin erklärte, dass es ungewöhnlich sei, dass sie sich privat verabrede.

„Unser Gespräch hat mich jedoch auch sehr beschäftigt", gestand sie. „Ich hatte allerdings nicht damit gerechnet, dass Sie sich noch einmal melden würden."

„Lassen Sie uns erst einmal bestellen."

Sie nahmen in dem eingezäunten Bereich Platz. Ute vertiefte sich für einen Moment in die Karte, die sie auswendig kannte.

Die Reporterin warf nur einen kurzen Blick darauf und zündete sich eine Zigarette an.

Bis der Kellner kam, lenkte Ute das Gespräch in eine unverfängliche Richtung. „Sie haben mich ja eigentlich über das Laufen gefunden. Dazu würde ich gerne mal was erzählen. Es war für mich etwas ganz Wichtiges und ganz Großes. Jetzt habe ich damit abgeschlossen – es hat gereicht. Außerdem machen die Knie nicht mehr richtig mit."

Die Reporterin lächelte entschuldigend; sie sei für dieses Ressort nicht zuständig. Aber sie könne mal nachfragen.

„Eine verbindliche Absage", dachte Ute und kam dann zum Thema.

„Ich war ziemlich wütend, dass ich in Ihrem Artikel nicht erwähnt wurde. Ich hatte mein Innerstes nach außen gekehrt und dann wird davon gar nichts verwendet."

„Ihre Geschichte hätte die Leser meiner Zeitung überfordert", erläuterte die Reporterin und setzte nach einem kurzen Zögern hinzu: „Und mich hat sie auch überfordert."

Es entstand eine Pause. Ute wusste ihre Ehrlichkeit zu schätzen. Sie nickte.

„Ihre Sichtweise von SM ist für mich ..." Inakzeptabel. Katharina schluckte das Wort, das ihr auf der Zunge lag, hinunter. „... unverständlich", sagte sie statt dessen.

„Und dass Sie einen Zusammenhang zwischen Gewalterlebnissen und SM hergestellt haben, das war für mich eine schwachsinnige Erklärung", entgegnete Ute. „Nichts weiter als ein Versuch, diese Spielart der Sexualität in den Bereich der Perversion zu stellen. Oder eine therapierbare Krankheit daraus zu machen."

Da war sie wieder, diese Wut. Auf Wintergrüns Stirn erschien eine Falte. Sie schwieg.

„Ich fand den Gedanken ziemlich anstrengend. Ich wollte nicht, dass die Gewalterfahrung in meine sexuellen Vorlieben hineinwirkt.

Die Leichtigkeit wäre weg. Das wollte ich auf keinen Fall.

Ich hatte Angst, dass es den Zauber nimmt. Verstehen Sie?"

„Hmh."

„Ich habe eine Freundin, Antje. Mittlerweile lebt sie auch SM. Ich habe sie getroffen. Als ‚Fachfrau' sozusagen. Sie hat einen BDSM-Krimi geschrieben. Bondage, Sado-Maso – alles, was

Sie wollen." Ute musste über ihre eigene Formulierung kurz grinsen. „Ich wusste, dass sie sich in Internetforen über SM austauscht. Sie liest auch viel. Ich habe sie gefragt, wie sie das sieht. Ob es da einen Zusammenhang gibt."
„Von Gewalterfahrungen und SM-Praxis?"
Der Kellner kam. Er brachte die große Apfelsaftschorle für Katharina und Utes Hefe.
„Die Milanese sind aus."
„Was? Das ist ja noch nie passiert!"
Ute wollte nichts anderes bestellen.
„In den Foren und im Internet herrscht relativ einhellig die Meinung, dass bei etwa einem Drittel SM als eine Art Therapie zu sehen ist für gewaltsame Erlebnisse in der Kindheit. Das hat mich umgehauen."
Sie nahm einen großen Zug von dem Hefe. „Super, das Hefe, wie immer." Sie wischte sich das Schaumbärtchen von den Lippen und fuhr fort.
„Die Schläge, der Schmerz. Man weiß, was geschieht. Man hat es selber gewollt. Es bricht nicht über einen herein, man ist dem nicht ohnmächtig ausgeliefert. Ich bin jetzt in einem geschützten Raum, wenn das geschieht. Aber als Kind habe ich mich immer ohnmächtig gefühlt. Es ist so viel passiert. Und ich konnte nichts tun. Jetzt habe ich alles selbst in der Hand."
Die Reporterin holte tief Luft. Ute sah sie fragend an.
„Ich bin überrascht." Sie zog an ihrer Zigarette und sah dem Rauch nach. „Sie haben Ihre Meinung geändert. Ich kann das kaum glauben. Ich meine, es kommt nicht so oft vor, dass jemand ... Das war ein ziemlich großer Schritt, den Sie da gemacht haben."
Ute erwiderte nichts. Beide wussten, dass zwischen ihnen etwas geschehen war, was sie nicht vorausgesehen hatten. Beide spürten das Gewicht dieser Erkenntnis.

„Ich will damit aber nicht sagen, dass alle SM-ler Gewalt erlebt haben. Auf keinen Fall. Da könnte ich genauso gut behaupten, dass alle Extremsportler eine Macke aus der Kindheit haben. Das ist mir zu einfach."
Katharina hielt das nicht für ausgeschlossen.
„Entgegen der Volksmeinung bestimmt die Sub komplett, was geschieht. Alles wird dem dominanten Part mitgeteilt, er muss

ausführen, was die Sub festgelegt hat. Der dominante Part ist also derjenige, der ausführt, was die Sub sich wünscht.

Falls der Dom etwas Neues in das Spiel einführt, ein anderes Schlagwerkzeug, Wachs an einer anderen Stelle, dann ist das immer nur ein Vorschlag. Die Sub hat immer das Stoppwort, sie ist also nicht das Opfer."

Ute hatte sich wie so oft in ein Thema festgebissen und war jetzt nicht mehr zu bremsen.

„Ein guter Dom zeichnet sich dadurch aus, dass er weiß, wo seine Sub gefühlsmäßig gerade steht." Die Reporterin hob fragend die Augenbrauen.

Ute erklärte. „Üblicherweise hat jede Sub einen festen Dom. Das ist eine Beziehung, die wächst. Auch wenn Sie das nicht verstehen."

„Scheint ja ein richtiges Paradies zu sein mit Männern, die alles tun, was Frauen sich wünschen."

Ute reagierte nicht auf Katharinas Sarkasmus.

„Natürlich gibt es auch Männer, die sich der SM-Szene bedienen, um Macht ausüben zu können. Dann trifft man nachher die Subs, die weinend auf dem Klo sitzen.

Ein verantwortungsloser Dom ist ein Schock, so, als ob man aufwacht, während man auf die Erde knallt. Er war doch so gutaussehend und wirkte so erfahren. Und dann das! Durch das Netz aus Achtung gefallen, schutzlos in den Abgrund, unten aufgeschlagen.

Es gibt auf dem freien Markt viele Doms, die nicht achtsam sind."

„Was meinen Sie mit ‚freiem Markt'?"

„Die meisten gehen zu SM-Parties, um ihre Spiele zu machen. Oder zu Pain-Balls. Das sind Großveranstaltungen, eine Form der Öffentlichkeit, die Sicherheit gibt.

Die Doms sind in der Szene bekannt. Es wird darüber gesprochen, ob einer gut ist oder nicht. Hin und wieder kommt es dann aber auch dort vor, dass selbsternannte Doms, die keine feste Spielpartnerin haben, sich Single-Subs suchen.

Sie überschreiten dann oft ihre Grenze. Sie suchen sich ganz junge Mädchen, die noch nie gespielt haben. Da kommt es dann manchmal zu Übergriffen."

Wintergrün überlegte kurz, ob sie Frau Fletschinger korrigieren sollte. „Gewalt" wäre wohl der angemessenere Ausdruck gewesen. Ihre nächsten Sätze formulierte sie sehr vorsichtig.

„Das ist alles sehr neu für mich. Ich habe mich kaum mit dem Thema beschäftigt - für mich war es eher ein Gefühl, dass SM eine Form ist, erlebte Gewalt zu verarbeiten.

Dass Sie das jetzt bestätigen ..."

Der Satz blieb unvollendet. Wintergrün suchte nach der genauen Formulierung ihrer nächsten Frage.

„Können denn Frauen, die Gewalt erlebt haben, so genau ihre Grenzen benennen, wie Sie das beschreiben? Ist es denn nicht gerade für Frauen, die sexuelle Gewalt erlebt haben, sehr schwierig, wenn nicht gar unmöglich zu sagen, was sie wollen?"

„Ich glaube, dass ich das nicht beantworten kann, weil ich mir dazu noch nie Gedanken gemacht habe. Zudem sehe ich einen großen Unterschied zwischen sexueller und anderer körperlichen Gewalt und ich würde auch zwischen Kindesmissbrauch und Vergewaltigung als Erwachsene differenzieren. Aber ich finde, das führt jetzt zu weit."

Wintergrün war nicht erstaunt, als Frau Fletschinger auf ihre Frage ausweichend antwortete.

„Antje gibt immer die Adresse an ihre beste Freundin und sie verabreden einen Telefonanruf um eine festgelegte Uhrzeit, wenn sie sich mit Internet-Doms trifft. Zur Sicherheit. Meistens hat man vorher schon ganz oft gemailt, man hat Absprachen getroffen, hat ganz viel ausgetauscht. In diesen Absprachen hat man die Gelegenheit zu erspüren, was der andere ist."

Wintergrüns Skepsis schwang unausgesprochen zwischen ihnen.

„Natürlich gibt es auch immer die, die lügen – wie mein Ex-Mann, der seine ganze Kindheit erfunden hat."

In Utes Leben war es kein Dom, der die größten Lügen ausgesprochen hatte.

„Mich würde interessieren, ob Ihr Dom ein professioneller ist."

„Sie wollen wissen, ob ich den bezahle?" Ute lachte.

„Es gibt professionelle Dominas, aber meines Wissens keine Profi-Doms. Wieso das so ist? Keine Ahnung."

69

Passanten, Wolken und Gedankenfetzen zogen vorbei. Die beiden Frauen schwiegen. Der Kellner hatte den Aschenbecher ausgetauscht und nach weiteren Wünschen gefragt. Die Gläser waren leer, sie wollten kein weiteres Getränk.

„Frau Fletschinger, ich finde es gut, dass wir uns noch einmal getroffen haben, obwohl ich von mir aus das Gespräch nicht gesucht hätte. Auch bei mir ist einiges in Gang gekommen, besonders durch das Thema SM. Damit hatte ich mich ja nie beschäftigt."

Sie zögerte einen Moment.

„Ich habe bemerkt, dass ich sexuell durchaus noch Veränderungen anstreben könnte."

„Aha. Okay."

Ute brauchte einen Moment, um zu verarbeiten, dass die Reporterin sich jetzt auch als Frau zeigte.

„Ich will das jetzt nicht weiter ausführen. Aber nachdem Sie mir jetzt so viel von sich erzählt haben, war es mir doch wichtig Ihnen mitzuteilen, dass auch bei mir etwas angestoßen wurde."

Mit einem Lachen fügte sie hinzu: „Nicht, dass Sie nachher in Mannheim erzählen, dass die Frau Wintergrün eine eiskalte Reporterin ist."

„Die Gefahr hätte durchaus bestanden!", gab Ute lachend zurück.

„Bis die Rechnung kommt, könnten Sie ja mal einen Schwank aus Ihrem Leben erzählen."

Sie winkte dem Kellner. Er kam gleich.

„Glück gehabt."

Sie zahlten.

Ute reichte Wintergrün die Hand. Dann gingen sie rasch in unterschiedliche Richtungen davon.

Lauf!

Als Ute ihr Fahrrad los gekettet hatte, sah sie gerade noch, wie Katharina Wintergrün in ihr Auto stieg und davonfuhr. Sie musste zurück nach Ludwigshafen. Auf der Kurpfalzbrücke kam ihr ein Läufer entgegen.

Funktionskleidung und Stöpsel im Ohr. Das hatte Ute nie gemocht. Sie war viel zu schreckhaft. Sie überlegte, ob er wohl gerade aus der Stadt kam und seine Runde begann oder ob die Kurpfalzbrücke der U-Turn war, um auf der anderen Seite des Neckars weiterzulaufen.

Mit etwas Wehmut dachte Ute daran, dass sie vor einem Jahr gezwungen worden war, das Laufen aufzugeben. Ihr Kniegelenk hatte schon immer geschmerzt, seit ihrer Geburt. Später bekam sie Arthrose im Knie.

Ihr Orthopäde, der selber Läufer war, hatte gewusst, dass er sie nicht vom Laufen abhalten konnte.

„Tragen Sie gescheite Einlagen", hatte er ihr geraten.

Als die Achillessehne sich entzündete und jeder Schritt von höllischen Schmerzen begleitet war, musste sie kapitulieren.

Das Wetter war mild und Ute beschloss, die ganze Strecke nach Neuhofen zu radeln. So konnte sie das Gespräch mit der Reporterin hinter sich lassen. Später - vielleicht morgen beim Sonnenbaden an der Schlicht - würde sie es noch einmal durchdenken.

Laufen – mit einem Lächeln dachte sie zurück, wie alles anfing. Ein ehemaliger Kollege aus der SWR 4-Redaktion hatte ihr bei einem zufälligen Treffen erzählt, dass Frank an dem Stadtlauf in Ludwigshafen teilnehmen wolle: 7,4 km. Frank war sportlicher als sie, aber er war klein und hatte für seine Körpergröße ziemlich viel auf den Rippen. Ute beschloss das nachzuholen, was sie in der Beziehung mit ihm nicht geschafft hatte: ihn zu besiegen.

Wie immer, wenn sie sich etwas in den Kopf gesetzt hatte, ging sie mit Feuereifer daran. Da sie keine Ahnung hatte, wie lang 7,4 km sind, teilte sie die Zahl durch Sportplatzrunden:

18. Sie hatte 4 Monate Zeit. Gleich beim ersten Mal schaffte sie 7 Runden, blieben noch 11. Verbissen übte sie auf dem Sportplatz im unteren Luisenpark. 9 Runden in die eine, 9 in die andere Richtung.

Besiegt hatte sie ihn nicht. Die Liebe für das Laufen blieb dennoch. Eigentlich war es eine Wiederentdeckung. Als Jugendliche war sie in einem Leichtathletikverein und erzielte gute Ergebnisse beim 1000-Meter-Lauf. Auch das dazugehörige sonntägliche Training im Rheinauer Wald, bei dem regelmäßig 3 km gelaufen wurden, liebte sie. In der Schule, bei den Bundesjugendspielen, entschied sich immer zwischen Danni und ihr, wer erste und wer zweite wurde.

Nach den Sportplatzrunden wurde der Neckar für sie, wie für unzählige andere in Mannheim, die bevorzugte Laufstrecke. Neckar auf und Neckar ab – immer die gleiche Strecke.

Viele erzählten, dass es ihnen beim Laufen langweilig wurde. Männer. Ute kannte keine Langeweile beim Laufen: die jahreszeitlichen Veränderungen, die Schiffe, die Enten auf dem Wasser, das genügte. Manchmal dachte sie auch nach. Aber wenn sie zu grübeln anfing, ermahnte sie sich. Laufen sollte entspannen, beim Training wollte sie den Kopf frei bekommen.

Sie lief los, war irgendwann wieder daheim und völlig gelöst. Die Schmerzen, den Muskelkater nahm sie gerne in Kauf. Sie machte sich keine Gedanken über die Effektivität ihres Trainings. Pulsmesser, Drinks, die optimale Technik oder Ausrüstung – alles nur Ballast. Sie wollte Einfachheit, Laufen war eine Bewegung, die ihr lag. Wie Boxen. Und basta.

Sie hörte, dass Frank einen Marathon lief. Unglaublich. Als sie zusammen waren, war jeder Spaziergang ein Sieg ihrer Überredungskunst gewesen. Aber wenn Frank die 42 km schaffte, dann wollte sie das auch.

Das war eine Aufgabe, an die sie strategisch herangehen musste. Einen Marathon, also 42,195 km, im Training alleine zu laufen, erschien ihr fast unmöglich. Sie hatte jedoch keine Laufgruppe. Sie verabredete sich mit Leo, einem erfahrenen Läufer. Zwei Mal lief sie mit ihm. Das war schön, aber sie hatte das Gefühl, ihn zu zwingen, mit angezogener Handbremse zu laufen.

Sie erfuhr, dass Marathonläufer immer nur die halbe Strecke trainieren oder maximal 30 km. Meistens lief sie 2 1/2 Stunden, sie trainierte immer nur auf Ausdauer. Ihr Ziel war es, die 42 km zu schaffen, die Zeit spielte keine Rolle. So dehnte sie ihre Strecke aus: am Kanal entlang über die Feudenheimer Schleuse bis zum Benckiser bei Ladenburg, über die Brücke die Neckarschleife entlang, bei Ilvesheim über die Brücke und dann auf der anderen Neckarseite zurück.

Ihr Ziel war der MLP Dämmermarathon, der durch Mannheim und Ludwigshafen führte. Als es endlich so weit war, stand sie ganz allein mit den anderen Hunderttausend am Start.

Sie hatte jedoch das Glück bereits nach 2 oder 3 km jemanden zu finden, der ihr Tempo lief. Sie fand schnell heraus, dass es ebenfalls sein erster Lauf war. Sie vereinbarten, miteinander zu laufen.

Alles lief gut. Bis zum Kilometer 30 in Ludwigshafen Niederfeld. Alle, die die Schleife geschafft hatten, kamen ihr entgegen, Tausende. Wozu diese sinnlose, demütigende Lauferei, diese Strecke war eine inszenierte Boshaftigkeit.

Sie wollte aufgeben. Der Einbruch nach Kilometer 30. Genau wie vorhergesagt.

Sie lief weiter. Sie war ja nicht allein, ihre Läuferbekanntschaft lief neben ihr. Stoisch.

Auf dem Niederfeld hatten sich die Leute vor ihren Häusern versammelt, saßen auf Klappstühlen an Campingtischen. Sie boten den Läufern Wasser an, eine Familie hatte Cola und streckte ihr einen Plastikbecher mit Cola entgegen.

Sie wusste, dass es das Dümmste war, was man machen konnte, beim Laufen ein Getränk mit Kohlensäure zu trinken, man muss aufstoßen, bekommt Magenbeschwerden.

Sie nahm die Cola, schüttete sie hinunter. Die wunderbarste Cola, die sie je getrunken hatte. Keine Nebenwirkungen, pure Motivation.

Ihr fielen ihre Worte ein, die sie bei Kilometer 8 am Fernmeldeturm gesagt hatte. „Ich freu´ mich schon auf das Bier danach." „Da musst du aber noch ein Stück rennen, Mädel", hatte ein Passant bemerkt.

Nach dem Niederfeld kam die Hochstraße. Die Auffahrt war die einzige Steigung der Strecke. Sie fiel zurück, ihr Läuferfreund lief weiter, er hatte noch Reserven.

Sie war mit ein paar einsamen Läufern unterwegs. Sie hörte die Schritte hinter sich. Tonnenschwer schienen die Füße auf den Asphalt zu knallen. Plötzlich blieben sie stehen. Sie hörte, wie sich jemand übergab.

Die einzigen Menschen, die noch am Straßenrand standen und anfeuerten, waren die RettungsassistentInnen. Durch Erschöpfung, Schweiß, Schmerz, Muskelkrämpfe und Leere in ihrem Kopf rührte Ute ein Satz, den sie vom Straßenrand aufschnappte:

„Ich glaube, wir sollten unser Wasser jetzt an die LäuferInnen austeilen."

Sie nahm noch einmal Kohlensäurewasser, trank. Es war dunkel, sie war alleine. Es gab nur noch eines: nicht aufgeben! Der Körper konnte schon lange nicht mehr.

In der Kunststraße, am REM Museum würde Martin auf sie warten. Sie lief weiter. Sie hatte jedes Zeitgefühl verloren. Sie dachte immer noch, sie sei in einer guten Zeit. Dass die Hunderttausend das Ziel schon lange erreicht hatten, wusste sie nicht.

Sie hatte nicht bemerkt, dass die Brücke auf der Gegenseite schon wieder für den Verkehr freigegeben worden war.

Da war Martin. Gott sei Dank.

„Wo bleibst du denn? Ich dachte, du kommst nicht mehr."

Was redete er da? Er machte ihr Vorwürfe, statt sie aufzubauen?

Bei Kilometer 30 hatte ein Freund gestanden, der eine SMS an ihn geschickt hatte, sie war gut in der Zeit. Dann war sie zurückgefallen. Von Kilometer 30 bis 40 hatte sie 1 1/2 Stunden gebraucht. Er hatte Angst um sie.

Martin fuhr mit dem Fahrrad neben ihr her. In der Stadt war immer noch Party.

Dann kam das Unfassbare: Man musste am Wasserturm, am Ziel, vorbeilaufen! Noch mal eine Schleife durch die Oststadt machen. Zwei Kilometer! Die Straßen waren verlassen, es gab nur noch einzelne Läufer. Martin feuerte sie an, wütend.

Der Wasserturm lag vor ihr, als sie die Lautsprecheransage hörte:

„Das Ziel schließt in zwei Minuten."

Es waren noch 200 m. Auf der Gegenseite fuhr der Kehrwagen. Voller Entsetzen rannte sie weiter. „Sehen die denn nicht, dass noch welche kommen?" Dann nannte der Sprecher ihren Namen, gab ihre Zeit bekannt: 6 Stunden 29 Minuten, Die letzten 58 Sekunden lief sie in der Gewissheit, es geschafft zu haben.

Irgendjemand hängte ihr die Medaille um. Sie brach in Tränen aus. Sie schüttelte die Frau.

„Machen Sie das Ziel nicht zu. Machen Sie das Ziel nicht zu!"

Später erfuhr sie aus dem Internet, dass noch sieben LäuferInnen hinter ihr waren, deren Zeit auch noch gewertet wurde. Sie hatten das Ziel nicht geschlossen. Ihr Läuferfreund war sieben Minuten schneller als sie gewesen.

Michel und noch ein paar andere Freunde hatten auf sie gewartet. Es war weit nach Mitternacht. Die Zäune waren alle schon umgelegt. Aber sie bekam ihr Tannenzäpfle und ihre Bratwurst noch. Jetzt erklärte Martin ihr, dass das Ziel immer nach 6 Stunden 30 geschlossen wird. Deswegen hatte er sie so durch die Oststadt gepeitscht.

Noch 4 Tage danach war jeder Randstein zu hoch. Aber sie war Besitzerin einer Urkunde. Sie war den Marathon gelaufen. Auch später, wenn sie die Strecke mit Fahrrad oder Auto fuhr, wusste sie: Das hab ich mit meinen eigenen Füßen geschafft. Martin wollte sie nie wieder auf einen Marathon begleiten. Aber Ute hatte sowieso gemerkt, dass das nicht ihre Strecke war. Danach lief sie Halbmarathon und 10-km-Läufe, ca. 5 Jahre ihres Lebens. Sie war immer in der Mitte ihrer Altersgruppe und das war richtig gut.

Ihr schlimmster Lauf war der Ettlinger-Halbmarathon. Sie war ja nur Ebene gelaufen, wo die anspruchsvollsten Steigungen die Brückenauffahrten waren. Auf diesem Lauf hatte sie eine 70-jährige überholt und ihr leichtfüßig zugerufen: „Du hast es gleich geschafft, Mädel. Da oben ist der höchste Punkt."

Nur einmal hatte sie aufgeben müssen, weil sie einen Wadenkrampf bekommen hatte. Das war der Nikolauslauf in der Pfalz gewesen. 3 Runden à 7 km, gute Voraussetzungen für einen schönen Lauf. Anfang der dritten Runde ging nichts mehr.

Sie humpelte einen Kilometer zurück zum Start unter den bedauernden Kommentaren der ihr entgegenkommenden LäuferInnen.

Als sie den ersten Lauf als Zuschauerin am Straßenrand erlebte, stand sie weinend am Rand. Später konnte sie es genießen, sie war dabei gewesen. Sie hatte etwas, auf das sie stolz sein konnte: auf die körperliche Leistung, die Überwindung und auch auf die Fähigkeit, den eigenen Körper zu achten.

Ihr Körper war wertvoll, diese Erkenntnis hatte sie dem Laufen zu verdanken.

Darüber hätte sie gerne geredet - aber danach hatte die Wintergrün nicht gefragt.

Der lange Weg, den sie zurückgelegt hatte, um zu ihrem Körper, um zu sich zurück zu finden, war nicht interessant genug für den Mannheimer Abend. „Käseblatt", dachte Ute.

Ihre Eltern hatten den MA abonniert, ihr Vater hatte ihn regelmäßig gelesen. Mutig war dieses Blatt nie gewesen, fand Ute, es gab die Meinung des erfolgreichen Mittelstandes wieder. Jahrelang hatte die Zeitung die Funktion gehabt, sie über die Position des politischen Gegners zu informieren.

Die wirklich wichtigen Sachen standen eben nicht in der Zeitung.

Wie ein Mensch es schaffen kann, sich aus dem Sumpf der Kindheit langsam herauszuarbeiten.

Wie man als Erwachsene die Erinnerungen bewältigt. Die Gefühle von Schuld, die immerwährende Kritik an sich selbst, die Verachtung, die man sich selbst entgegen gebracht hatte – all das abzulegen, das war ihr Leben, das war wichtig.

Sie hatte es geschafft, ihre größte Angst zu überwinden. Unaushaltbar war sie gewesen, übermächtig. Die Bewegungslosigkeit in ihrem Inneren.

Mit immer neuen Aktionen, immer atemloserer Beziehungssuche hatte sie versucht, sie in Schach zu halten.

Beim Laufen war alles in Ruhe: die Landschaft, die Geräusche, das Spiel des Lichts unter den Bäumen am Kanal,

das fließende Wasser, ihre Gedanken, die Wahrnehmung ihrer Körperreaktionen.
Ihr Puls, ihr Atem, ihr Schweiß, ihre Füße, ihr Rhythmus.
Die neue Brücke an der Schleuse wurde fertig, der Wasserstand des Neckars änderte sich ständig, von einem Tag auf den anderen füllte Hochwasser die Wiesen und die Bäume wölbten wie Mangroven ihre Kronen in den grauen Himmel.
Woche für Woche lief sie die gleiche Strecke. Es gab ihr ein Gefühl von Sicherheit, das sie nie vermisst, aber immer gesucht hatte.
Von den ersten Runden im Luisenpark war es ihr klar, dass etwas Bedeutsames in ihr Leben getreten war. Sie rannte, ohne zu wissen, dass es darum ging, zu ihrem eigenen Leben zurückzufinden.

Von all dem hätte sie Frau Wintergrün gerne erzählt.
„Das hat sie nun verpasst!"
Sie war in Neuhofen angekommen, stieg vom Rad, nahm das Sattelfell vom Sitz und betrat den kühlen Hausflur.

Ricard

„Hast Du heute Abend Zeit?" Katharina rief gleich von der Redaktion aus Ricard an. Ricard war eine Sommerliebe gewesen. Heiter. Zärtlich. Kurz. Sie konnte sich nicht mehr genau erinnern, was in der Nacht geschehen war, als ihr klar wurde, dass Ricards Grenzen nicht die ihren waren.

Die Einsicht war unabänderlich gewesen. Katharina hatte noch einige Wochen damit zugebracht, sie zu drehen und zu wenden. Vergeblich.
Als der Sommer zu Ende ging und die Herbstnebel sich über die Stadt legten, wurden Stadt und Liebe fröstelig. Katharina und Ricard trennten sich.
Zufällig trafen sie sich Jahre später bei einem Konzert in der Feuerwache wieder. Sie gingen aufeinander zu und unversehens war die Heiterkeit wieder da. Geläutert und ohne Ansprüche. Katharina fand Ricard immer noch hinreißend, seine zerschlissenen Jeans, sein überquellendes Lachen, seine feurige Schüchternheit.
Jetzt trafen sie sich gelegentlich. Meistens, wenn einer von ihnen ein Problem besprechen wollte. Ihre Begegnungen endeten regelmäßig damit, dass sie ein phantasievolles Szenario entwarfen, über das sie hemmungslos lachen konnten.

Ricard hatte noch nichts vor. Das war nicht ungewöhnlich. Er nahm sich Zeit für sein Leben.
„Lass uns ans Strandbad gehen", schlug Katharina vor.
Sie hätte ihn gerne darum gebeten, seine Gitarre mitzubringen und das Concerto de Aranjuez zu spielen, mit seinen schlanken braunen Fingern und den Locken, die ihm ins Gesicht fielen.
Aber es war Sommer, das Strandbad würde voller Leute sein und Ricard spielte nicht, wenn andere ihm zuhören konnten. Die Musik gehörte zu dem Teil seiner Seele, der sich nur ganz vertrauten Menschen mitteilte. Viele gab es davon nicht.

Ricard würde der richtige sein, um über die Themen zu sprechen, die sie beschäftigten. Katharina sehnte sich danach, Ricard lachen zu hören, während sie ihm erzählte, welche widersprüchlichen Gefühle die Erzählungen von Frau Fletschinger in ihr ausgelöst hatten. Sie hoffte, dass Ricards mitreißendes Lachen sie von ihrer Befangenheit befreien würde.

Sie trafen sich auf dem Parkplatz. Ricard fuhr immer noch seinen alten Fiat Panda. Katharina erinnerte sich daran, wie sie gemeinsam in dem kleinen Panda ins Elsass gefahren waren.

„Mit deinem oder mit meinem?"

Sie hatten Münzen geworfen und ihr nagelneuer Mitsubishi hatte verloren. Jetzt war der Lack an ihrem Mitsubishi matt und der Fiat Panda schien unverändert.

Ricard trug wie immer seinen braunen Hut. Früher hatte Katharina den Hut peinlich gefunden. Wenn sie mit Ricard Hand in Hand über die Planken gebummelt war, hatte sie jedes Mal einen Stoßseufzer zum Himmel geschickt, unerkannt zu bleiben. Der Hut gehörte zu Ricard wie das abgeschnittene Ohr zu van Gogh.

Katharina hatte das respektiert. Ihre Romanze war zu Ende gegangen, bevor der Alltag diesen Respekt abgetragen hatte.

Sie schlenderten über den Parkplatz und durch das Tor auf die Liegewiese. Unzählige Grillfeuer qualmten, Türkinnen saßen mit geschmeidig gekreuzten Beinen im Kreis und schwatzten, während ihre Männer das Fleisch wendeten. Junge Mädchen bedienten den Samowar und servierten den wartenden Männern den Tee.

Obwohl Katharina sich vorwiegend vegetarisch ernährte, liebte sie den Anblick von Menschen an qualmenden Grills.

Ricard zog sie fort.

„Silberpappel oder Reißinsel?"

„Silberpappel", entschied Katharina und sie wandten sich nach links, gingen über den Kies am Rheinufer entlang. Der Fluss eilte funkelnd der Stadt zu. Ludwigshafen und die Guilini setzten ihre Lichter in das nahende Dunkel, Mannheim verbarg sich hinter den Wipfeln des Waldparks.

Zur Silberpappel mussten sie das Naturschutzgebiet durchqueren. An dem Zaun vorbei, der das Gebiet einzäunte, kletterten sie über die Steine. Der kleine Pfad am Ufer war von Besuchern getrampelt worden, die von der Stadt stillschweigend geduldet wurden.

Katharina ging oft zu den alten Pappeln, die mit ihren ausladenden Ästen kleine Buchten beschatteten.

Katharina und Ricard folgten eine Weile dem Pfad. Noch war er im Licht der türkisfarbenen Dämmerung gut erkennbar. Sie kamen an der ausgebrannten Pappel vorbei und erreichten bald ihre Lieblingsbucht.

Katharina breitete eine Decke aus, holte aus ihrer Handtasche eine kleine Flasche gekühlten Pommery und zwei Sektgläser. Der Sekt perlte die Kehle hinunter und lockerte Katharina.

„Ich muss mit dir über SM reden."

Ricard pfiff durch die Zähne und grinste.

„Nicht so, wie du denkst."

Sie nahm einen Stein und ließ ihn hopsen. Er versank.

„Es geht um eine Reportage."

Ricard lachte. „Eine Reportage, die dich sehr zu beschäftigen scheint. Hat sie dein Sexualleben durcheinandergebracht?"

Er kicherte und ergriff wie zufällig einen kleinen Weidenzweig und ließ ihn durch die Luft sausen. Das schwirrende Geräusch ließ Katharina die Röte ins Gesicht steigen. Vielleicht war es auch der Pommery. Die ersten Schlucke ließen immer vergessene Abenteuerlust in ihr aufsteigen.

Sie nahm ihm den Zweig aus der Hand, setzte ihm die Spitze auf die Brust. „Und wenn es so wäre?"

„Dann bitte ich ergebenst um Aufklärung." Er beugte spielerisch seinen Kopf auf die Brust.

Wie es wohl wäre, wenn man den Kopf eines Menschen mit den eigenen Gedanken und Wünschen füllen könnte?

„Hast Du keine Angst vor SM?"

Er überlegte einen Moment, seine Augen blitzten auf, er versuchte sich zu kontrollieren. Vergeblich.

„Katharina", prustete er, „kannst du dir vorstellen, dass ich vor einer Frau in schwarzer Lederkleidung keine Angst habe?"

Er gluckste, kicherte, verschluckte sich, hustete, bekam den Husten unter Kontrolle und legte sofort wieder los. Langsam stieg in Katharina eine Vorstellung auf, die sie nicht genau benennen konnte. Sie reizte zum Lachen. Warum eigentlich? Sie kniff ihr Gesicht zusammen. Ricard schien zu schrumpfen, Ricard, das Hasenherz. Katharina konnte das Lachen nicht mehr zurückhalten. Es erschütterte ihren Körper in immer neuen Wellen, trieb ihr die Tränen in die Augen, schüttelte das Zwerchfell, bis es schmerzte. Verebbte, entzündete sich beim Anblick von Ricard, der sich krümmte, sich ausschüttete, versuchte sich zu sammeln. Sie konnten nicht aufhören. Sie kicherten. Das Lachen zwängte sich durch alle Tonlagen, löste alle Muskeln aus ihrer Anspannung. Es zwang sie die Beine zusammenzupressen, weil ihre Beckenmuskeln die Kontrolle aufgegeben hatten. Alles gleich, sich in die Hosen machen vor Angst oder vor Lachen, alles gleich.

„Ist doch total ..." Katharina bekam das Wort nicht heraus.

„Was denn?", kicherte Ricard.

„Total ..." Luft holen, neuer Anlauf, „... total blöd."

Jetzt war es heraus. Katharina lachte und lachte. Blöd. Wie das von den Lippen platzte. Blöd. Blähen. Aufgebläht. Genau. Wie Lasse. Sie verschluckte sich. Lasse, der es nicht ertragen konnte, wenn sie mal die Führung übernahm. Beim Fahren, bei der Sauce, beim Sex. Lasse, ihr erster Freund. Unglaubliche drei Jahre hatte sie es mit ihm ausgehalten. Freiwillig hatte sie sich untergeordnet. Natürlich ohne es ihn merken zu lassen. Nie hätte er zugegeben, dass er das brauchte. Das Hasenherz. Katharina lachte. Sie lachte ihren Zorn klein.

Es war ihre einzige längere Freundschaft geblieben. Immer war sie gegangen. Ihre Beziehungen waren am Ungleichgewicht gescheitert. Die eigene Stärke nicht zeigen und die Schwäche des anderen nicht ertragen zu können. Diese Erkenntnis war überwältigend. Katharina sprang auf, streckte ihre Hände dem Himmel entgegen und schmetterte ihm zu:

„Ich hab es endlich kapiert!" Sie verstummte.

Ricard richtete sich in scheinbarer Ernsthaftigkeit auf und wiederholte ihren abrupt verklungenen Satz.
„Du hast es kapiert?"
Er blickte sie an. Ja, sie hatte es verstanden.

Lasse, Frederik, Helge, Werner, Tom. Es war immer um das Gleiche gegangen: um Überlegenheit und Schwäche. Sie kicherte, ein unglaublich erleichtertes Mädchen. Es war okay, überlegen zu sein. Es war okay, Angst zu haben. Mächtig zu sein war genauso zulässig wie sich unterwerfen zu wollen.
Sie durfte Dompteurin sein und die Jungs durften sich ducken.
Als Kind hatten sie das gespielt. Aber immer war sie es gewesen, die auf dem Podest gehockt hatte und Nino hatte die Peitsche in der Hand gehabt. Nino, der zarte blondlockige Nachbarsjunge. Der schwule Nino. Als er 16 war, war er plötzlich aus dem Dorf verschwunden.
„Der sucht welche von seiner Sorte", hieß es, so als gäbe es seine Sorte nur in der fernen Stadt.

Wie eine Welle am Ufer verebbte Katharinas Lachen. Auch Ricard setzte sich wieder. Sie tranken den letzten Schluck Sekt. Von einem Schiff der Rhein-Neckar-Schifffahrt drang Discomusik zu ihnen herüber.
„Ach, Ricard..." Schweigen füllte den Rest des Satzes. Sie war dankbar für dieses zärtliche Gefühl, das sie jetzt für sich empfand.
„Na?"
Katharina verstand die Aufforderung und begann zu erzählen. Ricard hörte mit der schweigenden Intensität zu, die sie so an ihm schätzte. Vorsichtig versuchte sie in Worte zu fassen, was sich im Lachen gelöst hatte.
Sie sprach vom eigenen Schatten und wie bedrohlich er sein konnte. Sie ließ ein wenig von ihren Hoffnungen durchscheinen, sich mit ihm zu versöhnen. Sie wusste, dass es ein schmaler Grat war, sich mit Ricard zu verständigen. Er hatte über seine Angst lachen können, darüber reden wollte er nicht.
„Ich denke, SM ist ein Spiel, sich mit dem eigenen Schatten vertraut zu machen", fasste sie ihre Erkenntnisse zusammen.

Ricard zuckte mit den Schultern.

„Mag sein, aber es ist nicht mein Spiel. Ich will, dass Sex leicht ist. Ich möchte keine Frau bezwingen wie Messmer den Mount Everest, mit Eispickel und Sauerstoffmaske. Würde mir einfach keinen Spaß machen."

Grenzerfahrungen waren nicht Ricards Sache. Er hielt sich in den Gefilden der Leichtigkeit auf. Und wenn sein Dämon, die Melancholie, ihn überfiel, dann kämpfte er allein wie der Drachentöter. Die Wunden, die er davontrug, verbarg er, besonders vor den Frauen.

Katharina nahm ihm das Glas ab, das er noch immer in der Hand hielt und packte es gemeinsam mit ihrem wieder in ihre Tasche.

„Es ist spät. Lass uns gehen."

Sie hatte ihre Taschenlampe dabei und ließ ihn vorgehen, um ihm den Weg zu beleuchten. In ihrem Lichtkegel wirkte sein dunkler Körper sehr allein. Der Waldpark war zur Ruhe gekommen – zwei Vögel zwitscherten sich einen leisen Nachtgruß zu. Sie liefen schweigend.

Auf der Wiese glimmten noch vereinzelte Feuer. Körper, halb vom Dunkel verborgen, Gelächter, ein Gitarrenspieler. Katharina schaltete die Lampe aus. Das Dunkel weitete sich und gab den Blick auf den Sternenhimmel frei. Fern und vertraut war er und überwältigend schön.

Ricard blieb stehen und suchte den Schwan, den großen Vogel, der sich an den Himmel verirrt hatte.

„Dort!" Katharina hatte ihn zuerst erblickt.

Ein Pfeil, der einen Weg zu weisen schien.

„Er ist schön." Ricard nickte.

„Seine Majestät, der Schwan." Seine Majestät? Ohne zu antworten setzte Katharina sich wieder in Bewegung.

„Lass mal von dir hören, wenn deine Reportage fertig ist"

„Mach ich."

Fast gleichzeitig leuchteten die Scheinwerfer des Mitsubishi und des Fiat auf. In gemäßigtem Tempo fuhren die beiden Autos auf der dunklen Straße durch den Park. An der Polizeiwache in Neckarau bog eines von ihnen rechts ab, während das andere geradeaus weiterfuhr.

Phantasie

Die Stadt war erleuchtet, der Verkehr floss ruhig. Katharina hatte auf der Rückfahrt vom Strandbad genügend Zeit, ihre Gedanken frei laufen zu lassen. Sie fühlte sich erleichtert und begann vor sich hin zu pfeifen. Das hatte sie schon lange nicht mehr getan. Bald traf sie die Töne sicher, die passende Melodie fiel ihr ein: Plaisirs d'amour. Sie bekam Lust, mal wieder zu flirten, die Spannung auszuhalten, die entsteht, wenn ein Blick dem anderen begegnet.

Wie selten diese funkelnden Momente doch waren. Zu kurz waren ihre Abenteuer gewesen. Nach wenigen Nächten oder spätestens nach einigen Monaten der Sinnlichkeit hatte sie die Flucht ergriffen. Jetzt fühlte sie sich mutig. Dieses Gefühl hatte sie als Kind manchmal gehabt: Ich schaffe alles.

Es machte ihr Lust, sich genussvolle Überlegenheit vorzustellen.

Das musste sie sich eingestehen. Einen Partner zu haben, der seine Unterwerfung herbeisehnte – sie spürte, wie sich die Poren ihrer Haut zusammenzogen und die Härchen sich aufstellten.

„Du bist verrückt", mahnte Katharinas Vernunft.

„Stimmt. Und was spricht dagegen etwas verrückt zu sein?"

Es fuhr kaum noch ein Auto auf der Straße, eine grüne Welle trug sie in Richtung Feudenheim. Sie hatte alles im Griff – ihr Auto, ihre Vernunft, ihre Phantasie. Sie parkte vor dem Haus; in der Lauffener Straße gab es nie ein Parkplatzproblem. Sie nahm sich vor, noch einen guten irischen Whiskey zu trinken.

Mit der kupferfarbenen Flüssigkeit im Glas sank sie wenig später auf ihr Sofa. Sie hatte Tango Musik eingelegt, Astor Piazolla.

Schwarzes Leder auf der Haut. Sie räkelte sich. Bezwungen werden, sich ganz in jemandes Hände geben.

„Du musst dich ganz klein machen und zu mir rauf schauen", hatte Nino zu ihr gesagt. Sie hatten es geprobt, Nino hatte unter das T-Shirt seines großen Bruders Handtücher gestopft, Muskelpakete. Sie hatte sich zusammen geduckt, so klein wie sie nur konnte.

Es war ein köstliches Gefühl, das von Ninos Macht über sie ausging. Sein Wille hatte sich ihrer bemächtigt, sie war seine Löwin. Sie war am Boden entlang gekrochen und er hatte die

Peitsche über ihr knallen zu lassen. Schauer der Angst hatten sie durchrieselt.

Wie die Peitsche durch die Luft sauste, ein scharfes Pfeifen, ein kurzer, kräftiger Knall. Sie war verschont, Glück gehabt. Der nächste Befehl. Zum Spaß hatte sie sich widersetzt. Er sollte den zornigen Dompteur spielen, der alle Kraft brauchte, um sie zu bezwingen. Der alle seine Muskeln anspannte, dessen Augen sie zu bannen versuchten während dieses Machtspiels, das einen Augenblick lang, einen köstlichen Augenblick lang in der Ungewissheit zitterte, bis sie sich in ihre Rolle fügte und sich mit stolzer Demut unterwarf.

Katharina gestattete es sich, während der irische Whiskey feurig ihre Kehle hinunterlief, in Ninos Rolle zu schlüpfen. Der Whiskey hinterließ ein milde würziges Aroma, das sich vollends entfaltete, als der Alkohol die Wärme durch ihren Körper strömen ließ.

In ihrer Phantasie war es ganz leicht. Sie trug nun das Shirt des großen Bruders, knallte mit der Peitsche und gab ihre Kommandos je nach Laune voller Zorn oder mit Wohlwollen. Sie forderte viel und sie bekam viel. Sie baute ihn auf, ließ ihn seine Kraft spüren, ließ ihn grollen und sich widersetzen.

In diesem Zusammenspiel arbeiteten sie auf das gemeinsame Ziel hin: die Angst vor dem Feuerreifen zu überwinden. Sie wusste, dass nur ihr Wille Nino dazu bringen würde.

Jetzt war er so weit. Sie behielt ihn fest im Auge, während sie den Reifen entzündete. Die Flammen züngelten, in Gelb, in Violett und einem leicht giftigen Grün. Löwen fürchten nichts mehr als das Feuer. Es ist der mächtigste Feind in ihrem Leben. Spring, Nino, spring. Spring durch den Ring von Feuer. Der Schwanz knallte nervös auf das metallene Podest. Er setzte zum Sprung an. Zögerte. Katharina konzentrierte sich auf den einen Entschluss: Nino musste die natürliche Angst überwinden, sich aufgeben und ihr ganz vertrauen. Spring.

Die Hinterläufe gingen in Position, der Oberkörper duckte sich, die Augen richteten sich auf das Ziel, der Körper hob ab, schoss durch die Luft, die züngelnden Flammen waren nur ein Spiel von Licht und Hitze, das der gespannte Wille hinter sich ließ. Die Peitsche kündete vom Triumph eines gelungenes Spiels: Macht und Unterwerfung siegreich vereint.

Katharina nahm die Flasche, um sich nach zu schenken. Noch einen Schluck, noch ein wenig die Fantasie anfeuern. Sie entschloss sich anders, stellte die Flasche zurück in den Schrank, der diese kleine Leidenschaft hinter einer Tür verbarg. Nein. Sie streckte sich noch einen Moment wohlig auf ihrer Couch aus und genoss lässig die Entspannung.

Sie merkte es kaum, dass sie die Tür zu einer großen Traurigkeit geöffnet hatte.

Kinderspiele waren ihr fremder geworden als die Länder, die sie bereist hatte. Was sie sich vorgestellt hatte, war nicht das Spiel eines Kindes. Die erwachsene Katharina, deren Sehnsüchte beschnitten und deren Siege geschmälert worden waren, sehnte sich nach der Rolle der Herrscherin. Sie weinte. Weich. Ohne Selbstvorwürfe. Wehmütig.

Als die Tränen trockneten, spannte sich die Haut unter ihren Augen. Katharina hatte sie geschlossen, schützende Dunkelheit legte sich vor ihr inneres Auge.

Zeit ins Bett zu gehen. Sie nahm die Fernbedienung und fuhr die Tangomusik langsam herunter, bis Stille eintrat. Die Lichter des Displays verlöschten.

Elternhaus

Nachrichten auf dem Handy abhören, dafür nahm Ute sich Zeit, wenn sie nach Hause kam. Irgendeine SMS war immer da. Sie stellte ihren Rucksack auf der Truhe im Eingangsbereich ab, zog ihre Fahrradkleidung aus und suchte etwas Bequemes für zu Hause heraus.

Im Kühlschrank fand sie Käse, von dem sie ein Stück abschnitt und es ohne Brot aß. Sie füllte ein Glas Wasser aus dem Krug mit den Steinen, sah die Werbung und die Post durch. Was sie nicht gebrauchen konnte, kam gleich ins Altpapier, die Post ordnete sie den verschiedenen Stapeln zu. In ihrem Arbeitszimmer hatte sie nur einen kleinen Computertisch, deshalb benutzte sie die Massageliege als Ablage.
Ihr Vater hatte ihr eine Nachricht geschickt. Sie betrachtete das Foto, das er mitgeschickt hatte. Paps, so nannte sie ihn, stand in Jeans und einem türkisfarbenen Poloshirt, mit Gehwägelchen, Sauerstoffschlauch und Sonnenbrille in der gleißenden Sonne vor irgendeinem Gebäude auf Teneriffa. Er signalisierte ungebrochene Lebenslust in einem allmählichen kapitulierenden Körper.
„Der Mann ist 81, der lässt sich auch nicht unterkriegen."
Die Kraft und ihre Zähigkeit hatte sie von ihm. Sie empfand Zärtlichkeit für diesen skurrilen alten Mann. Das war nicht immer so gewesen.

Jahrelang hatte sie voller Zorn den Kontakt mit ihm verweigert. Er hatte sie im Stich gelassen, hatte ihr als junger Mutter die Unterstützung versagt. Bitterkeit hatte sich über die Erinnerungen an ihren Vater gebreitet.
Seit der Rückführung vor zwei oder drei Monaten wusste sie jedoch, dass es ihr Vater gewesen war, der sich auf sie gefreut hatte, als ihre Mutter schwanger war. Es war ihr Paps gewesen, der sich um sie sorgte, während sie um ihr Leben gekämpft hatte. Bei der Rückführung waren die Sorge und die Liebe, die er für sie empfunden hatte, spürbar gewesen. Mit

diesen Bildern kamen die Erinnerungen an den Papa, den sie immer gemocht hatte.

Er malte, war immer in Kontakt und ging mit Ute zu Leichtathletikwettkämpfen. Mit ihrem Papa zeigte sie sich gerne. Er war witzig, präsent. Er konnte mitreden, las Zeitung und hatte eine Meinung. Er war geradlinig. Man konnte sich mit ihm streiten.

Ihr Vater war der Spaßvogel, der laut und oftmals distanzlos war. Ihrer Mutter war das peinlich. Sie klammerte sich an die Konventionen, die ihr Vater so gerne durchbrach. Wenn sie Urlaub machten, dann plante ihr Vater, ihre Mutter schaffte nur mit knapper Not die anstrengenden Aufstiege.

Bei diesen Bergtouren liefen die Kinder voraus, sie entzogen sich der verwirrenden Unvereinbarkeit, die zwischen ihren Eltern herrschte. Sie verbündeten sich, um das Chaos, das immer wieder daraus entstand, zu überstehen. In diesem Bündnis jedoch herrschte ebenfalls eine kräftezehrende Hierarchie: Sie war die Große und ihr Bruder war der Kleine. Er war der Sonnenschein, der strahlen durfte. Er war ein Junge. Jungs wurde alle Verantwortung abgenommen.

Von ihr, einem ängstlichen und überangepassten Kind, wurde Fürsorge erwartet: für ihren Bruder, ihre Mutter. Als sie 12 und ihr Bruder 8 war, begann ihr Vater damit, Ute seine Sorgen zu erzählen: die Mutter, die in der Psychiatrie war, sein Problem damit, die Kinder alleine zu lassen. Einmal weinte er. Danach war nichts mehr wie vorher. Der Fels in der Brandung war weg gebrochen, der einzige Erwachsene, auf den sie noch gezählt hatte.

Damals hatte die Mutter regungslos auf dem Küchenstuhl gehockt, wenn sie aus der Schule Heim kamen. Sie hatte Essen gekocht wie immer, es roch, es sah aus, es schmeckte wie immer.

„Das Essen schmeckt bestimmt nicht."

Die Stimme der Mutter klang leblos. Sie schaute die Kinder nicht an, starrte nur auf einen Fleck auf der Tapete.

„Es ist alles schrecklich."

Redete die Mama mit der Wand?

Die Kinder sahen sich an. Dann setzten sie sich an den Tisch und aßen stumm. Das Essen schmeckte, die Betten waren gemacht, die Mutter hatte eingekauft, es war alles da, süßer Sprudel einschließlich. Trotzdem war alles anders. Irgendwo versteckte sich etwas Unfassbares.

Sie versuchten, sich fast unsichtbar zu machen, um ihr jeden Kummer zu ersparen. Ihr Bruder litt, das spürte Ute. Aber er sprach nicht darüber.
Ute übernahm fraglos die ihr zugedachte Rolle. Sie wurde Mama-Ersatz für ihren Bruder. Erwachsen, stark und wichtig. Sie ahnte nicht, dass ihre Vorräte an Zuversicht und Vertrauen noch viel zu klein waren.

Eines Tages war ihre Mutter zum Einkaufen gegangen und nicht zurückgekommen. Gegen halb acht wurde sie von der Polizei gebracht.
„Wir haben Ihre Frau in der Nähe der Bahngleise gefunden, sie hatte ein Röhrchen Schlaftabletten dabei und eine Flasche Mineralwasser."
Die Kinder lauschten.
„Sie trug Gummistiefel."
Das war grausig. Die Mama wollte tot sein. Die Mama hatte sich die Gummistiefel angezogen, weil sie nicht mit den guten Schuhen tot sein wollte. Die Kinder liefen zu ihren Freunden und spielten mit ihnen auf der Straße. Sie bewegten sich bis zur Erschöpfung. Als sie heimkamen, wurde ihre Mutter abgeholt.

Das war die erste Einweisung ins ZI, das Zentralinstitut für seelische Gesundheit im Zentrum von Mannheim. Alle Nachbarn, lauter Fliesenleger, Schlosser und Schreiner, sahen das Polizeiauto vor der Türe stehen. In dem Neubauviertel am Rheinauer Baggersee wohnten Handwerker, die sich mit bodenständiger Arbeit kleine Vermögen erwirtschaftet hatten. Türen und Rollläden mit Sicherheitsschlössern schützten die zerbrechlichen Familiengefüge.
Die Blicke der Nachbarn durchbohrten die Wände. Was sie sahen, war unzumutbar. Alle ignorierten es, niemand dachte daran, die Kinder zu trösten. Ute durfte ihre unbeschreibliche Traurigkeit nicht zeigen.

Nur Marias Familie war anders. Bei Marias Mama war Ute immer willkommen. Sie hatte viele Kinder. Die Älteste war 17. Marias jüngste Schwester war noch so klein, dass sie Verstecken spielte, indem sie sich die Augen zuhielt. Bei Marias Familie durchbrach Ute das Tabu und erzählte von allem, was sie traurig machte. Helfen konnte ihr Marias Mama nicht. Trotzdem schien es Ute, als würde sie in unfassbar viel, unfassbar großzügige Liebe eingehüllt.

Ihre Mutter schimpfte, als sie erfuhr, dass Ute alles erzählte hatte.

„Das geht niemanden etwas an."

Was immer auch einem Menschen aufgebürdet worden war, er musste alleine damit zurechtkommen.

Die Vorwürfe ihrer Mutter fand Ute ungerecht. Sie wusste nun, dass Liebe zum Überleben notwendig war. Es war sicherer, wenn sie ihrer Mutter nicht mehr so viel erzählte. Dadurch wurden die Momente, die sie ihrer Mutter nahe war, seltener.

Maria kam nur ein einziges Mal mit zu ihr nach Hause. Ihre Mutter war gastfreundlich, die Atmosphäre blieb dennoch bedrückend. Maria kam niemals wieder und Ute lud nie wieder jemanden ein. Häuser bedeuteten verloren sein, ungeschützt sein, unendliche Haltlosigkeit.

Einmal hatte Ute am Bett ihrer Mutter gekniet.

„Mama, ich kann nicht mehr. Bitte, geh ins ZI."

Aber ihre Aufenthalte in der Psychiatrie brachten der Mutter keine Hilfe. Die Psychiater schauten nicht in das Innere des Vulkans. Sie warfen Medizin in den Krater.

Ute wurde Sozialpädagogin. Es war die Arbeit, die sie schon immer getan hatte. Nun bekam sie Geld und Anerkennung dafür. Nach nur 3 1/2 Jahren musste sie aufgeben: Die Umstände waren härter als sie selbst. Sie hatte zu viel Mitgefühl mit den Frauen und den Kindern und sah keinen Ausweg aus den sozialen Ungerechtigkeiten.

Nachdem sie mit knapp 19 Jahren in eine Wohngemeinschaft geflüchtet war, wollten ihre Eltern sich scheiden lassen. Damals dachte Ute, die ungelösten Probleme in der Sexualität seien der Grund für die Scheidung gewesen. Ihr Vater hatte ihr auch von seinem Intimleben mit ihrer Mutter erzählt. Ute wollte es nicht wissen und hatte es dennoch erfahren: Ihre Mutter hatte zwei Mal in der Woche ihre ehelichen Pflichten erfüllt. Eine Mutter, die ihren Körper anbietet, während ihr Geist in der Depression herum irrt, mit diesem aufgezwungenen Bild ließ ihr Vater sie allein.

Sie erfuhr mehr. Ihr Vater holte sich Sex bei Prostituierten. Die Kinder fanden das gut. Es ersparte ihnen die Dramen, die mit Stiefmüttern einhergingen. Von Bravo-Aufklärung beeinflusst, war Ute überzeugt davon, dass Männer Sex haben müssen. Sex mit Prostituierten rettete die Familie, er wurde nicht als Ehebruch eingestuft.

Als ihre Mutter davon erfuhr, war Ute auf der Seite ihres Vaters.

„Warum regst du dich so auf? Es ist ja wohl klar, dass der Papa mal etwas haben will, wenn du monatelang im ZI bist."

Sie müsse es als Körperpflege betrachten, nicht als Betrug.

Bei dieser Auffassung ist sie bis heute geblieben. Allerdings würde sie heute ihre Mutter besser verstehen und es ihr schonender vermitteln.

Der Scheidungswunsch brachte den verborgenen Krieg ans Tageslicht. Ihr Vater und ihre Mutter schlugen hasserfüllte Schlachten, die ohne Aussicht auf einen Sieg oder einen Sieger blieben. Jahrelang fochten sie erbittert gegen die Gewissheit, die in ihrem Inneren hockte. Es gab keine Lösung, außer der endgültigen, auf die ihre Mutter hinarbeitete: den Tod.

Ute mied ihr Zuhause. Tagsüber kopierte sie manchmal Flugblätter auf dem Kopierer, den ihr Vater angeschafft hatte. Das bereitete ihr ein grimmiges Vergnügen: Die Welt drehte sich, auch wenn niemand in diesem Haus daran glaubte. Wenn die Dunkelheit kam, flüchtete sie zu ihrer WG, nie wieder schlief sie in ihrem ehemaligen Kinderzimmer. Ihr Bruder blieb, er nahm ihre Fürsorglichkeit dankbar in Anspruch.

Dann wurde sie noch einmal gerufen. Ihre Mutter hatte den Fön in der Badewanne überlebt und ihr Vater rief Ute mit der Bitte an, mit ihr zu reden. Das müsse sie als Sozialpädagogin können. Sie hatte viel über Depression und über Manie gelernt.

„Das schaffe ich."

Ihr Selbstbewusstsein war frisch und unerprobt.

„Die Männer leiden unter der Situation. Zieh aus."

Ute dachte dabei an ihren kleinen Bruder.

„Du hast doch keine Beziehung zum Papa. Zieh aus."

Sie sprach das Todesurteil aus, weil sie wenigstens einen retten wollte.

Ihre Mutter ging noch einmal zum Gegenangriff über.

„Du und deine chaotischen Beziehungen", hatte sie verächtlich gesagt.

„Wie sollte ICH denn lernen, gute Beziehungen zu führen?!", hatte Ute ihr entgegengeschleudert.

Dann kam der Tag X. Die Sekretärin ihres Vaters rief an.

„Ihrer Mutter geht's nicht gut."

Die Sekretärin hatte sich immer um ihre Mutter gekümmert.

„Ihr Bruder ist auf einer militärischen Übung, Ihr Vater ist auf einem Seminar." Suizid stand im Raum. Die Sekretärin wusste es, Ute wusste es.

„Es wäre gut, wenn Sie mal nach Ihrer Mutter schauen."

„Ich schaue nicht nach ihr."

Es gab nichts mehr zu tun, das was geschehen sollte, musste endlich geschehen.

Sie sagte es ganz ruhig. „Und wenn sie sich umbringen will, dann soll sie es tun." Die Sekretärin legte auf.

Am Sonntag klingelte in der WG das Telefon. Kein Schock, kein Erstaunen; Gefühllosigkeit. Die Mama hatte Selbstmord begangen.

„Ich hätte auflegen sollen", war ihr einziger Gedanke.

„Willst du denn jetzt nicht herkommen?", fragte der Vater.

„Warum?"

Endlich hatte die Mutter es geschafft, ihre Sehnsucht war zu Ende.

Sie legte auf.

„Meine Mama hat sich jetzt umgebracht. Mein Papa will, dass ich hinfahre", erklärte sie Liz, ihrer Mitbewohnerin. Sie wollte

mit der Mama, die jetzt gestorben war, nichts zu tun haben. Ihre Mama war schon lange gestorben.
„Dann wirst du wohl hinfahren müssen."
Liz bot ihr das Auto an. „Ich pass´ auf Mirka auf."
So viele Umstände. Gut, dass sie die WG hatte.

Als sie ankam, standen Polizei und Krankenwagen vor dem Haus. Eine Demonstration des Aufruhrs in der ruhigen Straße. Sie verstand nicht, was die Polizei damit zu tun hatte. Ihr Vater erklärte ihr, dass die Polizei sie alle verhören würde.
Als sie an der Reihe war, erzählte sie von dem Anruf der Sekretärin. Mit einem Tritt an ihr Schienbein versuchte ihr Vater sie zu stoppen.
„Unterlassene Hilfeleistung, das musst du verschweigen", sollte das heißen.
Sie dachte nur: „Jetzt fängt das wieder an. Ich darf schon wieder nichts sagen."

„Sie liegt noch im Bett. Willst du sie nicht ansehen?"
Ihr Vater schob sie in Richtung Schlafzimmer, aber Ute wollte die tote Mutter nicht sehen. Ihr Sarg stand schon vor dem Schlafzimmer. Er war mit einem weißen Satin ausgeschlagen, hatte ein Rüschenkopfkissen und sie dachte:
„Das ist schön. So einen schönen Platz hat sie die ganze Zeit nicht gehabt."
Sie schaute schräg durch die Tür ins Schlafzimmer, sah die blauschwarzen Füße und ging nicht hinein. Als ihr Bruder von seiner Truppenübung kam, war die Mutter schon abtransportiert. Er verschwand gleich wieder. Seine Trauer ging niemanden etwas an.

Ihre Mutter hatte einen Brief hinterlassen. Es war ihr wichtig gewesen zu bestimmen, dass Ute ihren Erbpflichtteil bekam. Sie hatte nie verstanden, dass Geld wie Wolken kam und ging. Sie sollten ihr nicht böse sein, schrieb sie noch. Weil sie den Glauben verloren hatte, wollte sie kein christliches Begräbnis, sondern eine Feuerbestattung.
„Ich möchte bei der Bestattung etwas von Hesse vorgelesen bekommen."

Die Polizisten fanden eine Broschüre des Vereins für Humanes Sterben bei ihr. Ihr Vater machte deshalb den Verein für ihren Tod verantwortlich. Ute erklärte ihm, dass das Blödsinn sei und er das auch wisse.

„Mama hatte Depressionen, schon vergessen?"

Als ihr Bruder zurückkam und sie das Gefühl hatte, sie könne die beiden Männer alleinlassen, fuhr sie heim.

Die Trauer ihres Vaters verstand sie nicht. Er hatte zu diesem Zeitpunkt zwei neue Frauen. Verständnis für ihr Gefühl der Erleichterung hatte sowieso keiner.

Doch es gab Wichtigeres: Sie musste ihr Kind stillen.

Bürofreesien

„Ich nehme die Freesien."
Die Blüten waren orange und kräftiger als die, die Katharinas
Mutter im Garten gezogen hatte. Der Duft war genauso heiter,
wie Katharina ihn kannte. Arlette achtete darauf, dass ihre
Blumen noch Natürlichkeit ausströmten.

Arlette ging in den kleinen Nebenraum, um den Strauß zu
binden. Dort stand ein großer Holztisch, der immer voller Grün
war. Arlette schnitt die Blüten ein wenig kürzer, die
abgeschnittenen Stiele fielen zu Boden, der von Grünabfällen
übersät war. Sie war eine Frau Anfang Vierzig mit kräftigem
dunklem Haar, die immer Jeans und gut sitzende T-Shirts
trug. Sie wirkte müde, fand Katharina. Sie wusste, dass die
aus Polen stammende Frau viele Stunden arbeiten musste,
um ihr Blumengeschäft alleine betreiben zu können.
„Ich komme gerne zu Ihnen. Ihr Laden hat eine so schöne
Atmosphäre und Sie sind immer so freundlich."
Katharina war überrascht von ihren eigenen Worten. Arlette
strahlte.
„Danke, das ist wirklich sehr nett von Ihnen."
Ihre Freude machte Katharina verlegen.
Sie suchte nach ihrem Portemonnaie und erzählte dabei von
den Freesien ihrer Mutter. Arlette zeigte ihr den Strauß,
zwischen den Blüten wippten hellgrüne Gräser.
„Wunderbar."
Durch den Duft beschwingt trat sie mit dem Strauß auf die
Straße.
Katharina stieg in ihr Auto, das sie vor dem Geschäft geparkt
hatte, legte den Strauß neben sich auf den Sitz und fuhr ins
Büro. Sie musste noch den Bericht über den kommenden
Katholikentag in Mannheim schreiben. Gestern hatte sie dazu
einige Interviews gemacht, Stellungnahmen der
Kirchenvertreter. Das Übliche. Interessant hingegen würde
vielleicht das Gespräch mit Frau Fuchslohe werden. Sie war
grüne Stadträtin. Katharina kannte sie. Als sie noch keine

Stadträtin gewesen war, hatte sie des Öfteren kleinere Aktionen initiiert, über die Katharina berichtet hatte.
Die letzte war schon wieder fast ein Jahr her. Auf dem Marktplatz hatten einige grüne und andere, nicht organisierte Frauen ein Theaterstück aufgeführt: eine Modenschau für Atemschutzmasken. Anlass waren die Proteste gegen den neuen Kraftwerksblock im Großkraftwerk Neckarau. Nur wenige Interessierte waren stehen geblieben, aber Katharina hatte das skurrile Stück gefallen, besonders die Szene, in der Fatima die Vorzüge ihrer kulturübergreifenden Atemschutzmaske pries. Der Fotograf hatte Fotos gemacht, der grüne Landtagskandidat hatte jeder Schauspielerin eine rote Rose überreicht.

Katharina wollte die grüne Stadträtin zu ihrer Meinung zur Konversion interviewen. So nannte man die Inbesitznahme der ehemaligen amerikanischen Kasernen durch die Stadt. Katharina favorisierte den Plan, der von dem bekannten Mannheimer Schriftsteller Rafik Schami unterstützt wurde: Die Kasernen sollten ein orientalisches Kulturgelände werden, wo islamische Künstler und Künstlerinnen arbeiten und sich präsentieren konnten. Dieser Plan wurde von finanzkräftigen Kreisen unterstützt. Die grüne Stadträtin hingegen wünschte sich das Gelände oder einen Teil des Geländes zur Nutzung für Künstlerinnen, gleich welcher Nation, Hauptsache XX-Chromosom-Trägerinnen. Der Plan schien einem veralteten Feminismus zu entspringen. Katharina gehörte nicht zu den Frauen, die sich als schutzwürdige Gattung betrachteten.
Dennoch hatte die Idee sie nicht unberührt gelassen. Immer wieder ärgerte sie sich über Kulturveranstaltungen, in denen Männer vier Fünftel des Programms bestritten. Bei Veranstaltungen wie Poetry Slams oder den Comedy Tagen waren die jungen Frauen selbstbewusst, wortmächtig, tiefsinnig, poetisch, realitätsnah, die männlichen Selbstdarsteller laut, anzüglich und siegreich.

Sie parkte in der Max-Josef-Straße. Das grüne Büro war um die Ecke, neben dem Capitol. Sie hatte noch Zeit eingeplant, um bei Ziegler ihre Uhr abzuholen. Ihre kleine Wanduhr hatte dort wochenlang auf ihre Reparatur gewartet. Als sie den

96

Laden betrat, saß der Meister wie immer an seinem Arbeitstisch, den Kopf über eine Uhr gebeugt, eine Lupe im Auge. Katharina grüßte und wandte sich an seine Mutter. Sie nahm alle Aufträge und Anfragen entgegen und wies sie dann an den Sohn am Nebentisch weiter.

Beglückt nahm Katharina ihre Küchenuhr an sich. Sie erhielt genaue Anweisungen: Wenn das Tick-Tack genau gleichmäßig klang, dann hing die Uhr gerade. Die Zeit würde wieder reibungslos durch ihre Zahnräder laufen.

Sie hatte noch Zeit für einen Cappuccino im Adria. Die Tische waren genauso gut besetzt wie an dem Tag, als sie mit Frau Fletschinger dort gesessen hatte. Katharina hielt den Kaffeepott in den Händen, starrte in den braun bestäubten Schaum. Die Haube war porös, als sie den ersten Schluck trank.

Die Sonne schien, in ihrem Licht zerfiel die Phantasie von zwei Kindern, die unbefangen Unterwerfung miteinander spielen. Kinder spielen anders. Was in ihrer Phantasie keine Rolle gespielt hatte, spürte Katharina jetzt: Schmerz.

Sie rührte in ihrem Cappuccino, die Bitterstoffe waren es, die ihn so beliebt machen. Auf dem Grund des Cappuccinos war ein Rand von braunem, unaufgelöstem Zucker. Katharina wollte den Finger hinein tauchen und die Süße schlecken, nahm jedoch den Löffel, zahlte und ging.

Auf dem kurzen Stück vom Adria zum Grünen Büro rekapitulierte sie noch einmal, was sie sich für das Interview vorgenommen hatte. Der Artikel war schon so gut wie geschrieben, sie brauchte ein paar Fakten, die das Gerüst ihrer Meinungen stabilisierten. Ihr Blick glitt an den Prospekten im angestaubten Schaufenster hinab. Zwischen dem Grün leuchtete ein Orange, das sie an die Farbe der Freesien erinnerte.

Als Katharina nach dem Interview ins Büro kam, saß Katharinas Kollegin missgelaunt an ihrem Arbeitsplatz und überarbeitete einen Artikel. Wie so oft waren die Korrekturen des Ressortchefs länger als der Originaltext.

„Wieso machen wir überhaupt Interviews, wenn wir jemanden im Haus haben, der alles schon fertig im Kopf hat?"
Solidaritätsbekundungen von Katharina war Pia nicht gewohnt und offenbar war sie auch nicht gewillt, darauf einzugehen.
„Mmh."
Katharina fuhr ihren Computer hoch, den sie „Mac Win" getauft hatte. Seit sie mit 12 Jahren ihren ersten PC bekommen hatte, hießen ihre Computer Mac. Das Interview mit Frau Fuchslohe war anders verlaufen als geplant. Katharina hatte mit wachsender Faszination zugehört, wie Frau Fuchslohe ihre Ideen zu der Umgestaltung des amerikanischen Truppengeländes entwickelte. Frauenräume sollten entstehen, in denen Künstlerinnen arbeiten und präsentieren konnten. Aber nicht nur Werkstätten, Workshops und Kulturveranstaltungen waren geplant. Die Wirtschaftsweiber, ein Zusammenschluss der Unternehmerinnen im Rhein-Neckar-Raum, hatten Interesse an einer Zusammenarbeit angemeldet.
Denkbar sei natürlich auch ein Zusammenschluss der Frauen, die im Gesundheitsbereich arbeiteten. Intensivere Zusammenarbeit, ganzheitliche Diagnoseverfahren, SpezialistInnen, die sich über ihre PatientInnen statt Computertomographien austauschen. Lauter Frauen, die ihr eigener Boss waren, und dennoch nicht vereinzelt in ihren Büros saßen.
Dieses Argument war nicht an Katharina abgeglitten. Selbständig arbeiten, keinen Chef erdulden müssen. Dazu brauchte es nicht nur Mut, sondern auch Strukturen. Sie machte sich an die Arbeit. „Boss in the barracks" gab sie ein, wohl wissend, dass dieser Titel niemals den Ressortchef passieren würde. Dennoch arbeitete sie mit ungewohnter Leichtigkeit. „Du hast keine Chance, nutze sie" war ihr Motto, seit Reinwart ihr Chef geworden war.
Er war 10 Jahre jünger als sie, gut aussehend und das, was man smart nannte, als das Wort noch nicht für einen Zweitwagen reserviert war. Reinwart hatte sich, unbelastet von Kompetenz, an die Spitze des Teams geredet. Sein eleganter Stil war so überzeugend, dass keiner die Hürden gezählt hatte, die bei seinem Lauf an die Spitze zu Fall gekommen waren.

„Ich liebe den Duft von Freesien!"
Katharina sagte es laut genug, dass auch ihre Kollegin es hörte. Pias Bürostuhl schwang herum. Ihre viel zu blauen Augen prüften erst Katharina, dann die Freesien.
„Ich auch - sie machen sich sehr gut auf dem Grab meiner Oma."
Achselzuckend wandte sich Katharina wieder ihrer Arbeit zu; sie waren Konkurrentinnen. Daran konnten auch die Freesien nichts ändern.
Wenn Frauen ihr eigener Boss sind – die Sätze flossen wie Wasser in die geöffnete Schleuse. Katharina war zufrieden mit dem Ergebnis, noch einige Mails, Telefonate, eine Überarbeitung, dann das Training. Danach einen Cocktail im Stadthaus. Allein.

„Caipi" bestellte Katharina an der Bar. Sie wechselte ein paar Worte mit Tom, der die Drinks mixte und zog sich dann in den hinteren Bereich des Lokals zurück. Jede Tischgruppe schien eine Insel zu sein. Katharina wählte einen der Sessel. Simone brachte den Caipirinha, Katharina bewegte den Strohhalm durch das Eis, das leise klirrend an der Oberfläche trieb.
Es war nicht zu leugnen: Sie hatte Lust bei einer Unterwerfungsphantasie empfunden. Das beunruhigte sie.
Ihr fiel das Schloss in Südfrankreich ein, in dem sie mit Gernot Urlaub gemacht hatte. Die Besitzerin mit dem wilden schwarzen Haar strahlte die gleiche Eleganz wie die verblichenen Möbel aus. Der bröckelnde Putz war vor langer Zeit mit mythologischen Motiven übermalt worden. Die Standuhren standen still, ihre Gehäuse waren mit Vogeltieren ausgestopft, die ihren scharfäugigen Blick auf die Besucher hefteten.
Katharina, übersättigt von der Üppigkeit ihrer Schlösserreise, hatte die bizarre Mischung fasziniert. Während Gernot schon ins Bett gegangen war, hatte sie auf einem der geflügelten Stühle gesessen und bei einem Rotwein Noiré, der Künstlerin und Hotelbesitzerin, zugehört.
Sie erzählte von ausschweifenden Partys, zu denen das Schloss einlud, das von einer hohen Mauer umgeben war und dessen innere Räume nur durch eine Wendeltreppe in der Eingangshalle erreichbar waren. Niemand nahm hier Anstoß,

99

wenn die Damen ihre Liebhaber an Hundeleinen hereinführten. Noiré war eine diskrete Gastgeberin. Sie zensierte keine Wünsche, sie stellte ihnen Räume zur Verfügung.

Der Wein war gut, das Gespräch exotisch. In der Nacht hatte Katharina Lust auf Gernot bekommen. Es war eine zärtlich-wilde Nacht geworden, die sich nicht mehr wiederholte. Noirés Erzählungen hatten die Grenzpfosten der Scham verschoben.

Wollte sie bezwungen werden, wollte sie bezwingen? Wollte sie eine dieser Rollen?

Katharina gestattete sich nur selten sexuelle Phantasien. Ihre Lust erwachte, wenn sich ein Mann für sie interessierte. Unvorstellbar, dass es umgekehrt sein konnte. Jetzt fragte sie sich, ob sie ihre Lust vielleicht zu sehr unter Kontrolle gehalten hatte.

Wie es wohl wäre, sich vorzustellen, dass sie Lust auf einen Mann hatte. Einfach so. Der Mann an der Bar zum Beispiel. Der gerade sein Bier herunterspülte. Er sah gelangweilt aus. Das würde sich schnell ändern, wenn sie ihn jetzt anspräche.

Ob er sich von ihr fesseln lassen würde? Oder sollte sie ihm die andere Rolle vorschlagen? Es würde funktionieren. Kein Problem. Abschied am nächsten Morgen. Danke. War eine nette Erfahrung.

Sie würde es nicht tun. Nicht mit einem wildfremder Mann. Frederik. Der in dem Gemüseladen an der Hauptstraße mit französischem Akzent bediente. Eine Nacht mit Frederik. Nur eine. Und am nächsten Tag Gemüse kaufen. Sie würde ihm dabei zusehen, wie er Zucchinis abwog.

Oder Tom? Warum hatte sie nie versucht mit Tom zu flirten? Sie wusste, dass die letzte Gästin oft mit Tom nach Hause ging. Tom war die ideale Besetzung für eine Nacht. Da brauchte sie keine Fesseln.

Tom könnte sie schütteln wie einen Drink an einer Bar. Mit Eis oder ohne. Curaçao Blau. In seine geile Wohnung würden sie es gar nicht schaffen. Auf dem Weg zum Auto würde sie ihm vorschlagen, an den Rhein zu gehen.

100

Katharina lauschte dem vielstimmigen Klirren des gestampften Eises in ihrem Glas. Sie sog die kristallklare Flüssigkeit durch den mattroten Strohhalm, genussvoll lächelnd. Frau Fletschinger fiel ihr ein. Milder gestimmt hatte die Vorstellung, in deren Schuhen zu laufen, ihre Bedrohlichkeit verloren. Katharina brauchte ein Paar neue Schuhe! Sie sollten weiche, flexible Sohlen haben, mit denen sie den Untergrund spürte.

„Ich bin am Freitagabend wieder da", rief Tom ihr zu, als sie das Restaurant verließ. Das Eis in ihrem Glas hatte gerade begonnen zu schmelzen.

Andere Welten

Wenn Ute morgens aufwachte, ließ sie noch einmal ihre Träume an sich vorbei ziehen. Sie war dankbar, denn die Träume brachten ihr im Schlaf Bilder, Geschichten, Erkenntnisse. Sie hatte es sich angewöhnt, für ihre Träume zu danken. Dann bat sie um Hilfe für die Bewältigung ihres Alltags. Dafür waren andere Kräfte zuständig als die, die die Träume brachten. Schutzengel zum Beispiel, die sie den Tag über begleiteten. Trotzdem hüllte sich selbst in ihrer Vorstellung in einen Schutzmantel und erdete sich. Nach diesen täglichen Ritualen fühlte sie sich für den Tag gerüstet.

Es gab jedoch Tage, an denen das alles überhaupt nichts nützte. Manchmal gelang ihr trotz Schmerzsalbe, Heilstein, Heilmagnet und Kniebandage am Morgen kein schmerzfreies Laufen. Dann war sie froh, dass sie so viel Fahrrad fuhr.
An diesem Morgen setzte ein leichter Nieselregen ein, als sie sich auf das Rad schwang – zu viel um sich wohl zu fühlen, zu wenig um sich die atmungsaktive Regenkleidung anzuziehen. Die Hundebesitzerinnen und ihre ach so gut gehorchenden Hunde machten mal wieder auf dem Radweg keinen Platz, ein Großraumtaxi parkte mitten auf der Straße, beide Türen geöffnet. Sie musste anhalten, ihr Fahrrad über den nicht abgeflachten Bordstein schieben, um auf dem Gehweg radeln zu können.
Inzwischen war sie schon im Grummelmodus.
„Man kann auch anders parken – mein Zug wartet nicht."

Am Bahnhof standen alle schon unter dem Dächlein, so dass sie im Regen warten musste, der Zug fuhr ein. Das leere Radabteil fuhr langsam an ihr vorbei, das hintere war voll und Ute war bis Mannheim ohne Sitzplatz. In Mannheim wurden die Rolltreppen erneuert, also Fahrrad tragen zwischen Leuten, die zur Arbeit eilten oder Anschlusszüge bekommen wollten.

Als sie den Platz am Wasserturm überqueren wollte, verwehrte eine mürrisch dreinschauende Security Frau ihr die Durchfahrt, da der Friedrich-Platz für den Aufbau einer Großveranstaltung gesperrt war.

Während sie ihr Fahrrad ankettete, kam bereits die Straßenbahn, sie rannte los, ein stechender Schmerz fuhr ins Knie. Sie bekam gerade noch einen Fuß in die sich schließende Tür und war drin.

In dem Moment meldete sich ihr Handy mit einer SMS. Eine ihrer alten Freundinnen, Kathrin. Seit 15 Jahren teilte sie ihr alle ihre Probleme mit. Kathrin brauchte mal wieder jemanden zum Reden und um ihre Wut zu analysieren. Ute schrieb zurück, dass sie vermutlich heute keine Zeit habe und schaltete das Handy endgültig ganz aus.

Heute würde das mit der allumfassenden Liebe verdammt schwer werden, weil auch die anderen Termine nicht dazu geeignet waren, Leichtigkeit und Liebe in den Tag zu bringen. Aber abends war ja noch die Frauengruppe.

Die Frauengruppe war neben Kind und dem Wohnort Mannheim eine der Konstanten in ihrem Leben. Alles andere, Jobs, Männer, Arbeitsstellen, waren vorübergehend gewesen. Seit 25 Jahren trafen sich die Frauen, viele Jahre wöchentlich, jetzt meist alle 14 Tage. Am Anfang hatten sie einen frauenpolitischen Anspruch, samstags wurden dann am Marktplatz Flugblätter für mehr Kindergartenplätze verteilt. Oder auch, weniger legal, Sprühaktionen am Mannheimer Rathaus gegen den Paragraphen 218 durchgeführt. Es war eine Gruppe von Frauen, deren Lebensentwürfe sehr unterschiedlich waren, trotzdem nahm jede am Leben der anderen Anteil. Die vorgefassten Urteile, die Fremdheit, die Abwehr der jeweils anderen Lebensgestaltung lösten sich im Laufe der Jahre immer mehr auf.

7 Frauen waren sie ursprünglich, die 5 Kinder geboren hatten. 5 Ehen waren geschlossen worden, davon 3 von Ute. Zusammen hatten sie 4 Scheidungen durchlebt, 19 Umzüge hinter sich gebracht. 12 davon gingen auf Utes Konto.

Früher trafen sie sich im Frauencafé, dann im Marché, jetzt in einer Gaststätte in der Innenstadt.

Zu großen Festen luden sie sich gegenseitig ein. Plätzchenbacken und ein Ausflug im Jahr waren Traditionen, die sie beizubehalten versuchten. Manche Frauen trafen sich noch außerhalb der Gruppe zum Motorradfahren, als Tante für die Kinder, zum Schwimmen gehen. Vor kurzem gingen sie ins Kabarett. Die Männer waren diesmal auch eingeladen. Es war das erste Mal, früher wäre das unmöglich gewesen.

Zwei der anfänglich 7 Frauen waren nicht mehr dabei. Die eine hatte nun einen Lover und hatte es gewagt, deshalb mehrere Treffen kurzfristig abzusagen.
Die andere war gegangen, nachdem sich Pia von ihrem Bruder hatte scheiden lassen. Auch diese Stürme hatte die Frauengruppe überlebt.
Ute wollte an diesem Abend in der Frauengruppe über ihre Rückführung sprechen. Die Gruppe war für sie die kritische Instanz: Was sie in die Welt der „Normalen" einbringen konnte, erfuhr sie durch die Gruppe sehr direkt. Sie war gespannt, was diesmal von den Mädels kommen würde.
„Ich war bei Dorothe." Als alle Frauen sich begrüßt und die Runde eröffnet war, stieg Ute gleich ein.
„Ach, die, wo ihr im Keller eure Mondmeditation macht und den Mond nicht seht."
„Genau die."
Ute könnte Renate zum wiederholten Mal erklären, dass die Mondenergie natürlich auch durch Wände geht. Heute lächelte sie nur.
„Heike hatte mir geraten, mir noch mal die Zeit von meiner Zeugung bis zur Geburt anzuschauen."
Seit Ute vor 3 Jahren nach Neuhofen gezogen war, war Heike ihre spirituelle Freundin im Dorf. Sie tauschten sich aus, diskutierten und reflektierten, aber manche Eingebungen wurden unhinterfragt akzeptiert.
„Ich legte mich auf eine Liege und Dorothe versetzte mich in Trance, um eine Rückführung mit mir zu machen. Ich kann sehr leicht in Trance gehen, ich habe keine Angst vor Kontrollverlust. Auf meine Zeugung habe ich verzichtet, den Sex meiner Eltern wollte ich mir nicht vorstellen. Ich weiß, dass ich im Urlaub gezeugt wurde und dass ich ein Wunschkind war."

Das hatte sie von ihrem Vater erfahren.

„Ich fühlte mich als Baby im Bauch meiner Mutter und trotzdem konnte ich von außen beobachten. Es war warm, dunkel, kuschelig. Ich hörte manchmal ein Auto vorbei fahren, ab und zu klingelte das schwarze Wählscheibentelefon. Zwischendurch war es still. Meine Mutter war viel allein. Es war nie Besuch da. Die Anruferin war immer die Oma. Als abends der Papa heimkam, fragte er als erstes nach mir. Er streichelte den Bauch, ich konnte seine Stimme hören und die Bewegung seiner Hand fühlen. Ich spürte, er freut sich auf mich."

„Woher weißt du, dass das nicht nur Deine Wunschvorstellung war?"

Die Frau, die das fragte, war Pia.

„Er hat deine Mutter geliebt, er wollte eigentlich nur deine Mutter. Kein Mann würde sich so auf sein Kind freuen."

Ute fühlte sich kurz aus dem Konzept gebracht.

„Mein Vater kommt aus einer Einzelkindfamilie, sein Vater und seine Stiefmami waren auch Einzelkinder, er hatte keine Verwandtschaft, als er in den Westen kam. Er hatte keinen Menschen, deshalb wollte er ganz arg Familie. Auch mein Bruder war ein Wunschkind, er kam, sobald meine Mama die Erlaubnis der Psychologin hatte. Ihr wisst schon, sie bestätigte meinen Eltern, dass bei meiner Mutter nicht mehr die Gefahr bestand, eine Kindbettpsychose zu bekommen."

Pia zuckte mit den Schultern, die anderen warteten gespannt, wie es weitergehen würde.

„Dann kam die Geburt. Kreißsaal, von außen gesehen. Mein Vater war da. Außerdem gab es noch viele Wesenheiten, der Kreißsaal war voll davon. Der Geburtskanal. Ich wollte raus, ich hatte einen starken Willen. Ich wollte geboren werden. Ich wusste, dass es auf der anderen Seite o.k. und schön ist. Ich fühlte mich willkommen. Das war ein überwältigendes Gefühl. Ich habe angefangen zu weinen und an der Stelle haben wir die Rückführung beendet."

Pias Gesicht war ein einziges Fragezeichen. Ute wusste, was in ihr vorging. „Stimmt schon. Es war nicht wirklich wie meine Geburt, ich war ja ein Kaiserschnitt. Und mein Vater war auch nicht dabei."

Judith stand spirituellen Erfahrungen sehr kritisch gegenüber. Sie selbst hatte ein Kind in der Schwangerschaft verloren. Viel später hatte sie sich von einer Frau mit esoterischem Hintergrund sagen lassen müssen, das Kind habe nicht geboren werden wollen, weil sie es nicht wirklich gewollt hätte. Umso erstaunter war Ute, dass Judith sich für sie einsetzte.

„Es ist vielleicht nicht so wichtig, ob alles so stimmt. Hauptsache ist doch, dass es für Ute gut war."

„Natürlich irritiert es mich auch, dass nicht alles so war, wie es sich wirklich abgespielt hat. Das ist mir aber egal. Ich hab gespürt, dass ich Urvertrauen hatte. Das war wichtig."

Beate tat das, was sie meistens tat: Sie schwieg, hörte interessiert zu und stellte dann eine Frage, die den Kern genau traf.

„Hast du nicht erzählt, dass Mirka ein Kaiserschnitt war?"

„Ja, stimmt. Sie war eine Steißlage. Trotzdem wollte ich sie unbedingt richtig gebären. Ich ging zu einem Professor im Klinikum Ludwigshafen, er war Spezialist und hat wirklich jede Frau zu einer normalen Geburt ermutigt. Aber es ging nicht. Es wäre zu gefährlich gewesen."

Immer noch trauerte sie darüber, dass sie Mirka nicht auf natürliche Weise zur Welt gebracht hatte.

„Könnte es sein, dass du die Geburt in der Rückführung so erlebt hast, weil du Mirka nicht normal geboren hast?" Beates Ehe war auf eigenen Wunsch kinderlos geblieben. Trotzdem verstand sie, was in Ute vorging.

Ute war noch bei dem Kaiserschnitt.

„Es hat sich brutal angefühlt. So als seien sie mir auf den Bauch gestiegen. Es kam mir vor, als würden sie das Kind aus meinem Bauch heraus reißen."

Beate wartete. In Ute arbeitete es.

„Ich bin gar nicht auf die Idee gekommen, aber genauso war es. Es war, als ob ich tatsächlich eine normale Geburt erlebe. Es war so echt. Genauso, wie ich es mir gewünscht hatte."

Die Frauen schwiegen. Ein heilsames Bild hatte sich über Utes Verletzungen gelegt. Die Umstände ihrer Geburt waren nicht länger von Bedeutung, ihre Vorstellung überstrahlte die Realität.

Renate, die sich immer alles sehr gut merken konnte, unterbrach das Schweigen mit einer weiteren Frage.

„Hast du nicht mal erzählt, dass du in einer anderen Sitzung bei der Dorothe deiner Mutter begegnet bist?"

„Ja." Ute schien abzuwägen, ob es sinnvoll sei, dieses Thema jetzt auch noch zu beleuchten.

„Ja, das stimmt. Einmal hatte ich während einer Trance das Gefühl, meine Mutter ist da. Ich merkte, dass sie bereit war, mir Antworten auf meine Fragen zu geben."

Eine Pause entstand.

„Sie sagte, es täte ihr leid, dass sie mir das angetan hat. Es sei ihr Karma gewesen. Das sind natürlich meine Worte. Sie hat keine Worte benutzt. Aber ich habe sie trotzdem verstanden. Auf der seelischen Ebene hat sie die ganze Zeit gewusst, dass ich alles verkraften würde. Sie wusste, dass ich stark bin."

Pia atmete hörbar ein, unterdrückte jedoch den Wunsch, Ute heftigst zu widersprechen.

„Karma – wenn ich so einen Scheiß höre."

Das war Renate. „Damit kann man jedes Unrecht rechtfertigen. Ehrlich gesagt, es regt mich voll auf, wenn du jetzt auch noch anfängst, diesen Quatsch mit dem Karma zu glauben."

Ute verteidigte sich leicht genervt. „Ich glaube nun mal daran, dass die Seelen mit einem Wunsch zu lernen auf die Welt kommen und dass wir unser Schicksal selbst ausgewählt haben. Es war eine Begegnung, die ich kaum beschreiben kann. Hätte sie mir das gesagt, als sie noch lebte, hätte ich vermutlich genauso wie du reagiert. "

„Hat eine von Euch den Film ‚Dunkle Begierde' gesehen?"

Pia hatte genug. Auch für die anderen kam der Themenwechsel kam genau zum richtigen Zeitpunkt.

In der Nacht nach der Frauengruppe hatte Ute einen Traum. Sie träumte von ihrer Mutter. Sie war in einer Garderobe und zog das dunkle Kleid an, das Ute nie gemocht hatte. Ute war ebenfalls in der Garderobe, sie war erwachsen, aber sie spielte die Rolle eines Babys. Mutter und Tochter kamen durch verschiedene Türen auf die Bühne. Es gab einen Kampf auf Leben und Tod. Die Mutter unterlag. Dann fiel der

Vorhang. Ihre Mutter stand wieder auf und sie reichten sich die Hand.

„Genauso ist es", dachte Ute, kuschelte sich in die Decke ein und bedankte sich bei den Wesen, die die Träume bringen.

Applaus

Die S-Bahn war ziemlich voll. Ute war auf der Suche nach einem Platz, als sie Nina entdeckte. Nina schaute aus dem Fenster. Aus ihrer Körperhaltung schloss Ute, dass sie für sich sein wollte. Mitreisende nervten Nina, das wusste Ute. Immer fühlte sich irgendjemand provoziert oder starrte sie unverhohlen neugierig an.

„Hallo, Süße! Toll, dich zu treffen. Du fährst zur Schule?"

„Wohin sonst?"

Ninas Antwort war unwirsch, obwohl es sie offensichtlich freute, Ute zu treffen.

Ute verstaute ihren Rucksack. Das Mädchen schaute finster. Probleme in der Schule oder in der Lehre, signalisierte ihr Blick.

„Was ist los?"

„Ich schmeiß die Lehre. Hab keinen Bock mehr. Die Bernhardi. Sie lässt mich nicht mehr in Ruhe. Die scheinheilige Tussi! Weiß plötzlich, was Gothics sind. Als ob die eine Ahnung hätte. Erzählt Scheiß und grinst. Sie gibt mir ständig die Sachen zu tun, von denen sie genau weiß, dass ich die noch nicht kann.

Dann macht sie mich runter. Die anderen feixen. Die sind doch hohl, blöde Barbiepuppen."

„Kann ich mir vorstellen." Ute kannte den Typ Bernhardi: ehrgeizig, giftig, gefühlskalt. Sie war stets gegangen, sobald es Menschen dieser Art gelungen war, die Arbeitsatmosphäre zu dominieren. Arbeitslosigkeit und finanzielle Einbußen hatte sie dafür in Kauf genommen. Aber sie war auch sicher gewesen, immer wieder einen Job zu bekommen. Für die Küken heute war das schwieriger.

Die süße Nina. Die Totenschädel an ihrer Kette, ihr leichenweiß geschminktes Gesicht mit den schwarzen Lippenbögen. Signale der Abgrenzung. Kein Wunder. Die hervorstechendsten Charaktermerkmale ihrer Eltern waren eine Riesenvilla, Mercedes, Wochenendhaus, Geschäftsfreunde, Yacht.

Angela, Ninas Mutter, nahm an den Mondmeditationen teil. Eine nette Frau auf der Suche nach Lebensinhalt. Sie würde es nie fertigbringen, sich von ihrem Jochen zu trennen, in eine Ein-Zimmer-Wohnung zu ziehen und einen Job anzunehmen. Nina war 14, als sie beschloss, nicht mehr mit ihrem Vater zu reden. Er hatte das Plakat von der Wand gerissen und geschrien: „Solange du in meinem Haus wohnst, kommen mir diese Perversen nicht an die Wand!" Seitdem waren die Wände in Ninas Jugendzimmer kahl.

„Gibt's denn niemanden, mit dem du dich verstehst? Klar, ist schwierig bei der BASF. Aber eigentlich gibt es doch immer jemanden, den man mag."

„Vielleicht Simone." Sie hatte ihr Tattoo auf der Schulter bewundert, das einzige, was Nina manchmal im Geschäft offen zeigte, wenn sie ein ärmelloses T-Shirt trug. Ute und Nina entwickelten eine Strategie, wie Nina und Simone sich gegen Bernhardi zusammen tun könnten. Nina entspannte sich.

„Und in der Schule? Du musst dir eine Nische suchen, eine Person, auf die Du dich freust. Die anderen ausblenden." Kreischendes Lachen von Ute, Nina kannte das. Einer von ihren plötzlichen Einfällen.

„Mach du deinen Abschluss, damit du was Eigenes hast!"

Ute amüsierte sich, einige Zeitungen senkten sich, der Handybenutzer redete lauter.

„Ist wie das Jodeldiplom, Jolahadiju! Wenn die Kinder mal aus dem Haus sind und mein Mann in Rente, dann habe ich wenigstens was Eigenes."

Nina grinste. Den Loriot hatte sie neulich mit Ute zusammen auf dem I-phone angeschaut. Sie hatte unbändig lachen müssen, was eigentlich überhaupt nicht ihr Stil war.

„Und zum Abschluss setzt du noch einen drauf: Das kaiserliche Jodeldiplom." Utes halblauter Jodler ließ einige Köpfe im nächsten Wagen hochfahren.

„Das musst du durchhalten. Disziplin klingt furchtbar, aber sie hilft. Wenn du im Blick hast, für was sie gut ist, dass sie zu einem Ziel führt. Und zwar zu deinem Ziel."

„Ich weiß ja. Aber ich muss doch ab und zu mal sagen dürfen, wie bekloppt das alles ist."

110

Ute hatte eiserne Disziplin. Schon immer. Sie war mit Migräne zur Schule gegangen, Hingehen war besser als nachlernen gewesen. Sie war mit Fieber zur Arbeit gegangen. Arbeiten war besser als daheim sein, weil dort eh niemand war, der sich um sie kümmerte.

„Kauffrau. Ist auch nicht gerade das, wovon ich geträumt habe."

„Ist doch nur der Anfang, Nina. Du brauchst halt Papis und Mamis Geld noch, die Klamotten sind ja auch nicht gerade billig."

Nina holte ihre Kleidung nicht wie Ute damals vom Second Hand.

„Mir war es eigentlich immer wurscht, was ich gemacht habe, Karotten schälen oder Kinder betreuen. Wenn man Spaß mit den Leuten hat, dann kann man ziemlich viel aushalten." Nina schnaubte verächtlich. Sie dachte an ihre BASF-KollegInnen. Kein Spaß vorstellbar.

„Hab ich dir eigentlich schon mal erzählt, wie ich in dem Gemüsebetrieb gearbeitet hab? Drei Schwarzafrikaner, 15 Polinnen, eine Italienerin, zusammen mit mir vier Deutsche, darunter ein Häftling – groß, stark. 10-12 Stunden Karotten schälen, ich hör heute noch das Klackern der Schäler. Der Chef ein cholerisches Arschloch, eine 4°C kalte Halle. Wenn der Chef anwesend war, durften wir nicht lachen und kaum sprechen. Französisch, Italienisch, ein bisschen Englisch, ein wenig Deutsch. Leider kein Polnisch, das konnte ich nicht. In der halben Stunde Pause, die wir hatten, malten wir uns aus, wie wir den Chef umbringen würden. So haben wir durchgehalten. Na ja, wenigstens eine Weile. Das Gemüse war biologisch. Bio-Gemüse aus Waghäusel, das von Sklavinnen und Sklaven für 5,50 € die Stunde küchenfertig zubereitet wurde."

Nina bekam zu Hause auch Bio Gemüse, seit ihre Mutter in der Meditationsgruppe war. Sie hatte nichts dagegen, war irgendwie OK. Genauso wie ihre Mutter.

Ute hatte Nina kennengelernt, als deren Mutter sie einmal zur Mondmeditation mitgenommen hatte. Der Mond war auf jeden Fall cool, deshalb hatte Nina sich in ihre feinsten Klamotten geschmissen. Einen Moment lang hatte sie überlegt, ob sie die schwarzen Linsen tragen sollte, wählte dann doch die roten.

Nina fand den Abend gar nicht schlecht. In einem Keller mit Kerzen in der Mitte setzten die Frauen sich in einen Kreis und Dorothe gab die Anweisungen. Sich erden. Den Atem frei fließen lassen. Sich mit den Kräften des Mondes verbinden. Sie war geflogen. Ab ins All. Es war ein wenig beängstigend. Sie war froh, dass sie mit der Erde verbunden war, mit einer Art Schnur um den Bauch, die sie hielt. Sie hatte sich allein gefühlt und trotzdem leicht. Keine anderen. Seltsam. In ihrer Phantasie und in ihren Träumen waren immer jede Menge Leute und die sonderbarsten Wesen.

Als die Meditation beendet war, sprach Ute sie an. Sie hatten nebeneinander gesessen, Ute in ihrem weißen bodenlangen Kleid, das sie sich extra für die Meditationen gekauft hatte, und Nina in Schwarz mit weiß geschminktem Gesicht.

„Ich war mit dir auf dem Friedhof", hatte Ute gesagt. „Nicht gerade mein Ort der Stille."

Damit war klar: Nina und Ute verstanden sich.

Was dann kam, hätte Nina fast umgehauen.

„Gehst du zum Schwarzen Mannheim oder Schwarzen Heidelberg?"

Ute kannte das Schwarze Mannheim, sie ging mit Martin hin.

„Hallo, du bist doch sicher schon über 40, ungefähr im Alter meiner Mutter. Die hat Angst, ‚Schwarzes Mannheim' auszusprechen – als ob sie sich daran vergiften könnte."

Ute ahnte, was Nina dachte.

Seitdem gab es wieder eine Erwachsene in Ninas Welt, mit der sie reden konnte. Ute erhielt Bilder von Nina im Party-Outfit. „Kann ich das so tragen? Sieht das gut aus?" Utes Urteil traf genau. Sie hatte Ahnung von Stil. Ute riet Nina immer zu den roten Linsen. „Dann siehst du so schön gefährlich aus, Süße." Wenn Schwarz das ganze Auge verdeckte, bekam Ute Angst. Super, das war genau, was Nina wollte.

Ute war die einzige, die Nina „Kleine" nennen durfte. Nina fühlte sich dann wie ein Elefantenbaby. Das wird von der Elefantenmama umsorgt, bis es groß und gefährlich genug ist. Ute war es, die die Wunder in Ninas Welt zurückbrachte.

„Du kannst mit Ute und Martin mitgehen. Na ja, du weißt schon. Zu eurer Party in Heidelberg. Ich hab Ute die Einwilligung unterschrieben. Die beiden holen dich ab und bringen dich wieder nach Hause."
Nina durfte ins Schwarze Heidelberg. In Begleitung. Kein Rausschmiss um 22 Uhr, weil sie erst 16 war.
„Geil." Wunder platzen, wenn man Fragen stellt.

Als sie Ute das nächste Mal traf, musste sie dennoch genau wissen, wie sie das geschafft hatte.
„Deine Mama hat sich leicht überfahren gefühlt, weil es nun keinen Grund mehr gibt, nein zu sagen. Sie hat zwei Wochen gebraucht, dann hat sie zugestimmt."
Ute war den ganzen Abend auf der Tanzfläche und dachte nicht daran, ihren Schützling zu kontrollieren. War auch überflüssig. Nina war glückselig: kontakten, quatschen, sich austauschen, gucken, vergleichen, dabei sein. Die Kids waren nicht anders als sie damals. Hauptsache Gruppe. Dazu gehören. Sich abgrenzen.

Ihr ging es schließlich auch nicht anders: Ute ging mit, weil sie zu Martin gehörte, der sich in der Szene zu Hause fühlte. Also legte Ute sich ein Outfit zu, das es ihr ermöglichte, sich dort unauffällig zu bewegen. Das war nicht schwer, es gab reichlich Sachen, die ihr gefielen. Sie erlaubten ihr, mit dem Unterschied von gefühltem und tatsächlichem Alter zu spielen. „Hey, wir sind Heiden, tun, was uns gefällt." Wenn sie tanzte, spielten Texte keine Rolle mehr.
Mit der Zeit akzeptierten die jungen Frauen, dass Utes Begeisterung authentisch war, kein tragischer Versuch, das Altwerden zu ignorieren. In der Garderobe, auf dem Gang und natürlich auf der Toilette kamen sie ins Gespräch. Die meisten erlebten wenig Verständnis außerhalb der Szene. Sie wurden mit Ablehnung, Spott, Aggression und zuweilen Hass bedacht. Die düstere Kleidung provozierte genau die Eigenschaften, gegen die sie protestierten.
Ute respektierte ihre Kleidung und ihre Weltsicht. Groß, düster, gefährlich sein, die Jugendlichen brauchten ganz viel Fassade, um ihre Innenwelt zu schützen. Die Totenköpfe von

Ninas Gothic-Szene waren nichts anderes als Utes Blumen aus der Hippiezeit.

Die jungen Mädchen kamen zu ihr, erzählten von sich. Ute hörte zu und verstand. Ziemlich viel jedenfalls. Sie liebte diese Gespräche. Ihr wirres, schrilles, extremes Leben war richtig gewesen. Sie spürte es, wenn sie zuhörte. Sie fühlte es, wenn sie Antworten geben konnte. Sie stand sicher und fest. Was schwer gewesen war, hatte sich verwandelt. Befreit von Angst, Schuld, Wut, Ohnmacht waren ihre Lebenserfahrungen leichter geworden. Sie hatten ein Gewicht, das sie tragen konnte, mit dem sie umgehen, ja manchmal spielen konnte.

Sie war den Marathon gelaufen, sie hatte die Herausforderung angenommen. Es würde keinen zweiten Marathon geben. Jetzt waren die Jungen am Start und Ute fieberte mit ihnen.

Die S-Bahn glitt durch die Rheinebene. Sie hielt an kleinen Bahnhöfen, an denen wenige Menschen ein- oder ausstiegen. Ute und Nina schwätzten, während sie ihrem Ziel entgegen fuhren.

Nachwort

Zwei Frauen sitzen sich gegenüber bei einer Tasse Tee. Gitte Iffland, die Schreiberin, und Ute Fletschinger, geb. Kreischer, die Erzählerin. Sie haben gemeinsam Utes Lebensgeschichte aufgeschrieben.

Gitte: Zwei Jahre lang trafen wir uns regelmäßig, Ute erzählte, ich schrieb alles auf. Ich versuchte Utes Tonlage, Gestik und Mimik in Worte zu übersetzen. Ich deutete Pausen, ließ nicht geweinte Tränen in den Text einfließen, versuchte Zusammenhänge zu erkennen, die Ute nicht sah. Ich fragte nach, hinterfragte, forderte Ute heraus, versuchte zu verstehen.

Ute: Gitte hat dem, was ich erzählt habe, Tiefe gegeben. Sie hat oft gehört, was ich nicht gesagt habe, und ist sehr achtsam mit meiner Geschichten umgegangen. Bei manchen Kapiteln habe ich geweint, wenn ich las, was Gitte aus meiner Erzählung herausgearbeitet hat.
Manche Ereignisse habe ich neu recherchiert, überdacht, mich verteidigt, erklärt, präzisiert.

Gitte: Wir haben diskutiert, reflektiert, wieder und wieder überarbeitete ich die Texte. Ich musste eine Form für die Unterschiedlichkeit unserer Lebensanschauungen und auch unserer Sprache finden. Irgendwann wurde mir deutlich, dass ich eine fiktive Person brauchte. So wuchs Katharina Wintergrün in ihre Rolle als Reporterin hinein, die mit Utes Leben konfrontiert wird. Katharina gab mir die Freiheit, die Ereignisse in Utes Leben aus einer Perspektive zu schildern, die für mich passend war.

Ute: Zunächst war ich sehr skeptisch. Ich befürchtete, dass die Rolle der Reporterin meine eigene in den Hintergrund drängen könnte. Es sollte doch meine Lebensgeschichte werden! Doch dann überzeugte mich die Reporterin, ich begann, sie in ihrer Andersartigkeit zu mögen. Sie war eine Vermittlerin zwischen meiner und Gittes Wahrnehmung meiner Lebensgeschichte.

Gitte: Für mich war klar, dass ich den Tötungsversuch als Ausgangspunkt der Geschichte nehmen wollte. Das war für Ute zunächst nicht nachzuvollziehen.

Ute: Ich wollte nicht, dass auf der Schwere meines Lebens so viel Betonung liegt. Bis wir das Buch geschrieben haben, war mir nicht klar, dass diese Erfahrung mein Leben geprägt hat. Ich hatte mir vorgestellt, ich könnte die leichteren Aspekte meines Lebens mitteilen. Ich wollte Schwänke aus meinem Leben erzählen, meine positiven Lebenserfahrungen zum Besten geben und nur, wenn nötig, etwas Vergangenheit zur Erläuterung dazu geben.
Im Laufe des Schreibens wurde mir klar, dass die Schwere dazugehört, wenn ich wirklich über mein Leben schreiben will. Leider sind einige Lebensphasen, die nicht so dramatisch waren, nun herausgefallen.

Gitte: Mich haben Utes offene Erzählungen über ihre SM-Erfahrungen immer fasziniert. Ich habe als Mädchen sexuelle Gewalt erfahren, das Schweigen darüber zu brechen, ist eine Lebensaufgabe für mich gewesen. Meine Sexualität habe ich vorsichtiger gelebt, bin nicht an die Grenzen gegangen. SM ist für mich keine Form gewesen, meine Sexualität auszudrücken. Ich glaube jedoch, dass uneingestandene Unterwerfungsphantasien auch in mir lauern. Ich empfinde sie als bedrohlich und lustvoll zugleich und bin noch auf dem Weg, sie in der mir angemessenen Weise in mein Leben und meine Sexualität zu integrieren. Katharinas Ringen spiegelt meine eigene Widersprüchlichkeit.

Ute: Oh ja, es war oft anstrengend und ging an unser beider Grenzen. Besonders die Diskussion über SM. Für Gitte war es klar, dass SM eine Form der Verarbeitung von erlebter Gewalt ist. Das wollte ich überhaupt nicht so sehen. Meine Lust sollte von der Geschichte meiner Gewalterfahrungen getrennt bleiben. Aber die Konfrontationen, Fragen und Provokationen haben diesem Buch, sogar meinem Leben, erst die Fülle gegeben. Oft habe ich anderen erzählt: „Mit Gitte dieses Buch zu schreiben ist wie eine Psychoanalyse!" Aus der ursprünglichen Biografie ist ein literarisches Werk geworden, was uns beide sieht. Es ist mein Leben, Gitas Sichtweise auf mein Leben und Gittes Sprache. Das hat schon eine Weile gedauert, dies zu erkennen. Aber jetzt hält die Leserin und der Leser ein interessantes Buch in Händen. Es kam anders als geplant und gedacht, doch: "Es ist gut, wie es ist."